JN319511

新潮文庫

今日もごちそうさまでした

角田光代著

新潮社版

10006

目次

本文カット・霜田あゆ美

今日もごちそうさまでした

私の愛するもの

未《ひつじ》年女、羊を食らう

関東圏で生まれ育った私は、羊肉を食する機会がほとんどないまま成長した。さらに私は食べず嫌いで、未知のものを好奇心だけで食す、ということがまずなく、大人になっていったレストランで「羊」の文字があっても、無視していた。「牛」か「豚」しか目に入らなかった。

我が人生に、いつ羊肉が介入してきたかといえば、三十歳過ぎ、異国を旅したときである。

それまでにも、札幌を旅行してジンギスカンを食べたことはある。でも、おいしいな、とは思ったけれども、愛までは到達しなかった。羊への思いを愛に高めたのは、忘れもしない、ギリシャである。

ギリシャの食べものは、屋台のものでもレストランのものでもおいしい。肉も魚もおいしい。が、「何これッ」と私を驚かせたのは、羊である。

トルコの影響なのか、ギリシャ料理には羊肉を使ったものが意外に多い。ギリシャに到着して、私が最初に食べたのがギロピタ。屋台の軽食である。くるくるまわる肉のかたまりをそぎ落とし、それをピタパンに挟んで、ヨーグルトソースをかけて食べる。この肉が、表面がぱりぱりしていてジューシーで、噛《か》むとほんのり獣臭がたちのぼって、うまいのなんのって。

スブラキ、という料理もある。串《くし》に刺した羊肉を炭火で焼いて、塩、胡椒《こしょう》しただけのシンプルなものだ。これがもう、本当においしい。羊は臭いもの、と思いこんでいたが、そんなことはまったくない。豚よりしっかりした肉の味、牛よりさっぱりしてまろやかな味の余韻。

メテオラという、奇岩の上に修道院の建つ観光地にいったのだが、山間《やまあい》のこの村の食堂はどこも、ほとんど魚を扱っていなかった。シーズンオフだったからか、メニュウに記載されたほかの料理はなく、「今日は羊だけ」という店が多かった。昼に羊肉のギロピタ、夜に羊肉のスブラキ。それでいっこうにかまわなかった。そのくらい、おいしかったのだ、羊。

以来、肉派の私に、愛する肉がもう一種類増えた。そしてなんという幸運であろう、私が羊への愛に目覚めるのとときを同じくして、東京にジンギスカンブームが巻き起こったのである。それまで、ジンギスカンといえば、タレに浸《つ》かった、独特のくせのある肉だった。ところがこのブームでポピュラーになったのは、タレに浸かっていない新鮮な羊肉。ギリシャで羊に目覚めた私が愛するのも、やっぱり、タレに浸かっていない臭みの少ない羊である。

うれしいのは、このブームのおかげか、スーパーやデパートでもごくふつうにタレに浸かっていない羊肉を買えるようになったこと。ラムチョップばかりでなく、ショルダー、肩ロース、モモ、などと部位別に売っているのがありがたい。以前はスーパーでは丸くて薄い臭みのある肉か、タレに浸かったものしか買えなかったのだ。

私がもっとも好きな羊の食べ方は、ただ塩、胡椒してグリルしただけのもの。あるいは、ニンニクとローズマリーとオリーブオイルをかけて焼いてもおいしい。羊カレーも煮込み料理もおいしいが、でも、シンプルなグリルにはかなわない。

イタリア料理店にいくと、メイン料理のページの、肉の欄しか私は見ない。牛、豚、鴨《かも》、羊などがある。私は激しい肉派で、焼き肉が好物だと思われているが、じつはいちばん好きなのは豚、その次が羊である。私の目は、メニュウの羊と豚の文字をせわしなく往復し、できるだけこざっぱりした料理法で調理されているほうを選ぶ。

思えば、羊料理が多い国というのはたくさんある。モンゴルがそうだし、ニュージーランドもそうだった。モロッコと新疆《しんきょう》ウイグル自治区は宗教のため羊料理が多い。羊肉の料理が多い国にいくと、それだけでうれしい。今日も羊、明日も羊、と思ってうれしいのである。ウイグル自治区はスパイスのきいた辛い料理が多く、野菜炒《いた》めにも餃子《ギョーザ》にも羊肉が使ってあり、しかもどれも、すばらしくおいしい。

羊を食べるとき、私は自分が未《ひつじ》年であることを思い出す。そしてなんとはなしに、誇らしい気持ちになるのである。こんなにおいしい羊、こんなに羊を愛している未年の私。べつに誇れることは何ひとつないのだが。

ところで、赤坂に不思議においしいものばかり食べさせるいっぷう変わった中華料理屋があって、ここに、ギャートルズの肉塊ほどもでかい、揚げ羊肉がある。私はいっぺんでそれに魅了され、暇があるとあの塊肉のことばかり考えている。しょっぱくて、外側がかりっかりで、やわらかく、まことにおいしいのだ。いっしょに食べた友だちは、そのあまりの強烈さにあてられたのか、具合を悪くしていたけれど。

羊はほかの肉に比べて、安くて、そして脂肪になりにくいらしい。そんなこともうれしく、また未年の私を誇らしくさせるのである。

いつのまにかそこにはタンが

はじめて焼き肉屋にいったのは、十八歳のときだ。その日のことを未《いま》だに覚えている。ひとり暮らしをしている先輩が、「うちの近所に食べ放題の焼き肉屋がある」と言い、サークル合宿のあとに十人くらいでそこにいったのだ。先輩が住んでいたのはたしか保谷《ほうや》（現西東京市）。はじめて降り立つ町で、はじめていく焼き肉屋。

今でこそ、ファミリーレストランのような洒落《しゃれ》た焼き肉屋はたくさんあるけれど、当時はお洒落な店はまったくなかった。もちろん都心にある高級焼き肉店はきれいだったろうけれど、学生にそんなお店は縁がない。私が連れていってもらったのは、ぼろっちい食堂風の店。入り口は磨《す》りガラスのサッシになっていて、なかが見えない。なかに入るとカウンターに赤いテーブル、ビニール張りの丸椅子《いす》、カウンター上部にテレビ、全体的に脂《あぶら》っぽい。町の安い焼き肉屋は、どこもそんなふうだった。七輪なんか出てきたのは（私の記憶によれば）その七年後くらい。各テーブルにガスロースターが設置してあり、これまた、脂っぽい。

私は自他ともに認める肉好きだが、はじめて食べた焼き肉の感想を、よく覚えていない。たぶんそこで展開されたすべてに圧倒されたのだと思う。楕円《だえん》の皿に大盛りの肉がきて、男の子たちが漫画みたいに丸く盛ったごはんをわしわし食べ、じゅうじゅう煙が上がり、どんどん肉がなくなり、タレがそこここに飛び散り、自分がどんどん肉臭くなっていく。そのどれもが初体験。女子校を出たばかりの私には、男子そのものすら珍しかったのに、「焼き肉と男子」などという組み合わせはもう、本当に未知との遭遇だったのだ。

だから、そこで食べた初タンの感想も、覚えていないのである。たしか最初に出てきたはずだ。まずはタンからはじめたはずだ。

その後、焼き肉は、ごく自然に私の生活に入り込んでいた。気づけば私は焼き肉が好きで、焼き肉屋にごくふつうに入れるようになり、最初にタンを頼むようになっていた。いつのまにか、すっかりタン馴染《なじ》み。

考えれば不思議なことである。たいていの人が最初にタンを注文する。ごくまれに、そうではない人がいるとびっくりする。「最初にタンじゃなくてもいいんだ!」といちいち目覚めるような気持ちで思うのである。

でも、ならば次回違うものからはじめるかというと、そうはならない。私は最初はタン。ぜったいにタン。あれは焼き肉屋における前菜だ。

薄いタン、分厚いタン、葱《ねぎ》ののったタン、いろいろある。どれも好きだが、いっとう好きなのは薄いタンの端っこをかりかりに焦《こ》がすくらいに焼いたもの。「あー焼き肉がはじまるよー！」と思う。ときたま焼き肉奉行がいるが、こういう人はかりかりを許してくれず、ちょっとピンクが残る程度で「このくらいがおいしいから」と、みんなの皿に入れてしまうが、私は不満である。たいていのことはどうでもいいし、言い分のある人に従う私だが、ことタンにかんしては「私はウェルダン派です、放っておいてください」とはっきりと申請する。

牛タンの「ねぎし」にはじめていったときは、感激した。焼き肉屋の前菜だったタンが、メイン料理として、しかもごはんのおかずとしてある。タンとごはんという発想がなかった。さらにタンととろろという発想もなかった。しかし、合いますね。「ねぎし」を知って以来、私も自宅でタンを食べるときは必ずとろろをつけるようになった。しかしタンはどこでも売っているわけでもないのが、難点。食べたいと思ったときにはタンはなし、って状況がたいへんに多い。

ところで、牛タンというと、焼き肉以外に有名なのがタンシチュウであるが、じつは私、タンシチュウを食べたことがない。好き嫌いではなくて、ちょっと馬鹿《ばか》みたいな理由だ。

そもそもタンシチュウを扱う店が、少ない。タンシチュウのある店はわかりやすくそのように謳《うた》っている。そしてそういう「タンシチュウの店」は、まず、飲み屋ではない。ジャンルとしてすでに「タンシチュウの店」。私は夜はアルコールといっしょでなければ食事ができないので、飲める店にしかいかない。洋食屋さんやカレー屋さん、タンシチュウの店などにはいかないのである。

ならば昼に食べればいいじゃないかと思うが、ランチにしては値段が高い。タンシチュウってだいたい二千円から三千円くらいするでしょう？　それは私にとって昼値段ではない。

というような理由で、食べていないだけなのだ。外で食べないのならば作ればいいのだが、たいていのものは作ってみる私でも、タンシチュウは未体験。

タンで思い出すのは檀一雄《だんかずお》。愛人との二人の暮らしで、何がおもしろくないって料理が思う存分できないことが、おもしろくないと嘆く（『火宅の人』）。小買いのできない語り手は、タンならタン一本買ってきて、硝石と塩をまぶした料理を作っても、結局冷蔵庫でカサカサになる。「何が悲しいと云ったって、自分でつくったおいしい食品をみすみす腐らせる程悲しいことはない」と、『火宅の人』にはある。また、『檀流クッキング』にはタンとテールを使った「ダン」シチュウのレシピも出てくる。

この人の本や料理法を読むと、どういうわけか、私は作りたいという気持ちが弱まるのである。たぶん、食べたような気になるんだろうな。食べたいからではなくて作りたいから作った、豪快な作家の料理を。冷蔵庫でカサカサになるタンの塩漬けも、一切れ二切れ、お相伴にあずかったような気がしてくるのだ。味まで覚えている気になっている。

焼き肉屋以外でのタン料理、初体験の日がこれからくるんだろうか。そのときはその感想をしっかり覚えておいてここに書きたいと思う。

ふだん着鶏《どり》、よそゆき鶏

私の分類のなかで、鶏肉は魚類である。

いや、鶏が魚ではないことくらい私も知っている。魚に分類してもいいくらい、肉としてはあっさりとしている、というような意味合いだ。今日は肉を食らう、というときに意味する肉に、残念ながら含まれていない。

では鶏肉は嫌いかというとそんなことはなくて、好きだ。魚として、好きだ。

私が子どものころ(七十年代)のごちそうといえば、牛でも豚でもなく、鶏だった。クリスマスに鶏肉を食べるのは、西洋からの受け売りだろうが、お誕生会も鶏肉だった。鶏の唐揚げ。私んちでは手羽元をチューリップ形にして揚げ、骨の部分にリボンが付いていた。

しかし同時に、鶏肉は地味食、もっともポピュラーな弁当のおかずでもあった。

ごちそうと、地味食、矛盾するようでしないのが鶏肉のチャーミングな個性である。

鶏を丸ごと焼いたり、鶏モモの部分を焼いて持つ部分に飾りを付けたり、手羽をチューリップ形にしてリボンをつければ、地味食がごちそうになる。かなり無理やりだとしても。

ただ揚げれば、茶色のおかずになる。卵焼きやブロッコリーといった彩《いろど》りを添えないと、そこはかとなく恥ずかしい、地味なおかず。

七十年代当時の母親たちは、個性より共通を重んじていた気がする。いや、重んじていたというより、みんなとおんなじことをしてもちっとも気にも苦にもならなかった、というのが正しいのだろう。だって、ほとんどの子のお誕生会のメニュウがいっしょだったもの。鶏の唐揚げとポテトフライとちらし寿司《ずし》。

みんな同じじゃつまらないから、うちはイタリア料理にしましょうとか、うちは贅《ぜい》沢《たく》にすき焼きに、なんてことはあんまりなかった。

弁当のおかずに唐揚げがよく登場するのも、同じ理由と思われる。私の世代の男女をつかまえ「ポピュラーと思われる弁当の中身は」と訊《き》けば、八割が「おむすび、唐揚げ、卵焼き」と答えるであろう。そのくらいよく唐揚げは弁当に馴染《なじ》み過ぎていた。

同じ素材なのに、ふだん着にもなり、よそゆきにもなる鶏は、当時の母たちにたいへんな人気だったと思われる。

鶏といって私の記憶にこびりついているのは、唐揚げのほかにもある。焼き鳥である。はじめて焼き鳥を食べたときの、あの衝撃を未《いま》だに覚えている。

小学生のときだ。近所に、持ち帰りの焼き鳥専門店ができたのだ。飲み屋ではなく、焼き鳥のみ店頭に並べて売る店である。肉屋と八百屋と豆腐屋と金物屋くらいしか歩いていける距離にない、ちいさな町に、焼き鳥屋。子どもにとってはニュースターの登場。

当時、なのか、その店が、なのかわからないけれど、塩とタレなんて種類はなくて、並んでいるのはみんなタレ。はじめてできた店だから、もの珍しさに母親が買ってきたのだと思う。そうして食べて、がびーんとなった。世のなかにこんなにおいしいものがあるのかと、鶏といえば唐揚げかチューリップだった小学生は、思ったのである。

以来、学校から帰った私は母にまとわり付き「おつかいいこうか？　おつかいいってあげるけど。あ、そんなら焼き鳥も買おうか？　焼き鳥をおやつにしたらどう？」と、執拗《しつよう》に言い募り続けた。焼き鳥をなぜおやつにせねばならなかったかというと、それは夕飯のおかずには（母の独断で）なり得なかったからである。おつかいのご褒《ほう》美《び》のように買ってもよいときもあれば、断固許されないときもあった。買ってもらえるとしても、おやつだから二、三本。小学生の私は夢見たものである。いつかごはんのかわりに、焼き鳥だけを思うまま食べたい。

お祝いごとにはチューリップ形の手羽、一度でいいから思うまま食べてみたいのが焼き鳥。今思えば、お手軽な時代であったし、お手軽な子どもであった。今や「鶏肉は魚」と言ってはばからない大人になったのに。

そして大人になってみれば、「ごはんを食べず、焼き鳥だけ思うまま食べる」というのは、じつはいつでも容易に実現可能、というか、よくある事態なのである。そんなこと、想像だにしなかったなあ、子どものころは。

今の私にチューリップ揚げはごちそうではない。今、私はクリスマスに鶏も七面鳥も食べない。誕生日ももっと肉肉しい肉で祝う。鶏肉はとくべつな日のものではなくて、日常献立内のものになった。私にとってやっぱり鶏肉は魚なので、「昨日は焼き肉だったし、一昨日は豚だった。今日は何かさっぱりしたものにしよう」というとき、食卓によく鶏肉が登場する。鶏の唐揚げは失敗がないし、ハンバーグも合い挽《び》きでなく塩味の鶏挽き肉にするとさっぱりしてたいへんよろしい。軟骨をフードプロセッサで歯ごたえが残る程度に砕き、挽き肉にまぜて作る軟骨入りバーグはコラーゲン摂取にもとてもよいらしい。

鶏肉は、私にとってもうごちそうではないと先に書いたが、しかし大勢のお客人を招くとき、鶏肉はひそかに大活躍する。鶏のチャーシュー風なんて、材料も安く調理もかんたんなのに、見た目がたいへんに華やかだし、ささみと三つ葉やほうれん草をからし醬油《じょうゆ》で和《あ》えた一品も、箸《はし》休めにちょうどいい。

いつだったか、シャンパン「だけ」ざぶざぶ飲もう会、というものを企画したことがあって、このとき、シャンパンに合わせるとしたら豚でもなく牛でもなく羊でもなく鶏だろう、と思い、私にしては珍しく鶏料理と野菜のみのメニュウにしたが、たいへん好評だった。鶏肉は人の集まる場所に未だひっそりとよそゆきを着て、活躍しているのである。

しかしながらシャンパンに鶏、などと書いていると、どこか照れくさいのは、チューリップ揚げがごちそうであり、焼き鳥を思うまま食べることを夢見ていた子どもが、まだ私の内にいるからだろうと思う。お誕生会を唐揚げで祝い、クリスマスに鶏モモ焼きを食べ、弁当に唐揚げを持っていった私と同世代の男女は、みんな大人になった今でも、鶏肉に身内意識を抱いているのではないかと想像する。

昨今は食材もレシピも、三十年前とは比べものにならないくらい豊富で、なおかつ、外食もちっとも珍しいことではなくなった。ファストフード店で子どものお誕生会をやっているし、レストランではスタッフがケーキを用意しバースデイソングを歌ってくれる。お誕生会は家で鶏の唐揚げなんて、ちゃぶ台や茶の間と等しく、遠い昭和の産物になってしまったんだろうなあと想像する。情報が増え生活が多様化し、世代的に共通の思い出をだんだん持ちづらくなっているはずだ。だからこそ、なんとなく私は「鶏肉身内感」を世代で共有していることに、ちょっとしたよろこびを感じるのである。

卵情熱

子どものころから一貫して、好きで好きでたまらない食べものというのは、だれしもあるのだろうか。私の場合は二つあって、それは卵とたらこ。私は肉好きとして知られているが、子どものころは、もう本当に狂おしく卵とたらこが好きだった。ごはんのおかずはそれだけでいいと思っていた。今はもちろんそんなふうには思わないけれど、それでもやっぱり、卵とたらこは大好き。とくに、冷蔵庫に卵を切らしたことがない。

幼少時、私は卵を卵屋さんに買いにいっていた。うちの近所に卵農家があり、そこに直接、買いにいっていたのだ。広い庭を突っ切って、鶏がたくさんいる小屋の前を過ぎ、縁側で声を掛けると、そのおうちの人があらわれて卵を売ってくれる。

この卵、産みたてで、卵の表面に鶏の毛がかならず付いていた。ビニール袋に入ったその卵を持って帰ると、だから、母はまずそれらを洗うのだった。

私がおつかいにいくのを嫌がるようになったのか、それとも卵農家がその仕事を辞めてしまったのか、まったく覚えていないのだが、私が中学に上がるころには、卵はスーパーマーケットで買うようになっていた。毛も付いていないし、洗う必要もない。今、そのことを思い出すと、卵農家から直接買っていたなんて、うらやましくなる。おつかいにいっていたころは、なんとも思っていなかったんだけれど。

ともあれ卵は、幼少時から一貫して、好きで好きでたまらない。毎日食べたいし、毎食卵料理でもかまわない。けれどいつごろからか、卵を食べ過ぎてはよくない、と言われるようになった。一日に一個くらいが最適だという。理由は卵にはコレステロールが多いから。私がうんとちいさなころは、コレステロールも体脂肪も言葉として一般的ではなかったんだけどなあ。人は何かを得れば何かを失う。知恵を得れば卵の個数を失うのである。

海外を旅するたびに、卵がさほど一般的ではないことに軽いショックを受ける。いや、卵はどこにだってある。あるが、なんか違う。なんか違うのだ。

たとえば朝食。朝食付きの宿に泊まった場合、日本では、それが和でも洋でもはたまたバイキングでも、ぜったいのぜったいのぜったいに、卵料理は付く。オムレツ、スクランブルエッグ、目玉焼き、温泉卵、だし巻き卵、生卵、茹《ゆ》で卵。

もちろん海外だって卵は出るには出るが、でも、卵が出るところは限られている。高級ホテルならばバイキング会場にオムレツ職人が待機しているが、ごくふつうクラスの朝食付きホテルで卵に出合えたらハッピーである。

けれどオムレツ職人の焼いてくれるオムレツは別として、海外のホテルで出合う卵は、なんというか、軽視されている。と私は思っている。バイキングで出合うスクランブルエッグはぱさぱさかどろどろで、たいてい味が付いておらず、こちらがテーブルの塩、胡椒《こしょう》で味付けするようになっている。茹で卵はかならずかた茹でで、黄身が黒くなっているものも多い。この国の人たちにとって卵って、そんなに重要じゃないんだなあ、と思い、同時に、いや逆だ、日本人、卵好き過ぎなんだなあ、と思うのである。

だって黄身が黒くなったかた茹で卵なんて、今、滅多にお目にかかりませんよ。茹で卵は絶妙な半熟が人気だし、その上、味付け卵というすばらしい食べ方までだれかが編み出してくれた。この味付け卵は、黄身がとろーっとしてなきゃいけませんね。とろーっ、と。こんな卵に日本以外のどこで出合えるのか。

さらにオムレツのふわふわとろとろ具合への希求も、すさまじいことになっている。発祥の地であるフランスのオムレツは、パリでしか食べたことがないが、「ふわ」のほうはすばらしいが、「とろ」はない。「ふわ」のみ重視、という印象を受けた。ロシアでものすごいふわっふわのオムレツが出てきたのだが、これは「ふわ」を追求するあまり、何かまぜ込んであって、オムレツというよりスフレであった。あんな、ふわっふわで、ナイフで割ったら中身がとろーっ、なんて、やっぱり日本文化的現象だと思う。

生卵への抵抗が少ないのも、我が国の特徴ではないか。もっともポピュラーなのは卵かけごはん。転じて、牛丼屋《ぎゅうどんや》にも生卵が別売りされているし、私の通った大学の近くのカレー屋では、注文すればカレーに生卵を落としてくれた。それから、私の世代しかわかってもらえないことだと思うけれど、生卵にオロナミンCを注いで飲む、というコマーシャルもあった。

卵料理で私がもっとも馴染《なじ》み深いのは、母親がよく作った肉入りオムレツである。挽《ひ》き肉と玉葱《たまねぎ》を炒《いた》めた具が、オムレツのなかに入っているというもの。私はこれが大好きで、自分でもよく作る。タイを旅したときに、そっくりの料理があってびっくりした。カイヤッサイという卵料理である。これは甘酸《あまず》っぱいタレに付けて食べる。はじめてこれに出合ったときは、もしかして私たち家族のルーツはタイではないかと思うほどびっくりした。

調べてみると、なんと卵の年間消費量は日本が世界第二位だそうだ。好きなんだなあ、やっぱり。

私の弁当生活は、もうじき一年になるが、弁当にはかならず卵を入れている。卵の入っていない弁当って、中身がわかっていても、蓋《ふた》を開けたとき改めてがっかりするのだ。いちばん多いのは卵焼き。これは、じゃこ葱を入れたり明太子を入れたりチーズを入れたりひじきを入れたりして、変化がつけられるから、飽きない。急いでいるときはスクランブルエッグか茹で卵。秋冬になると、前の晩から出汁・醬油《しょうゆ》・味醂《みりん》に茹で卵を浸《つ》けておいて、味付け卵。もちろん半熟。

そうして卵を食べながら、毎度思い出すことがある。アフリカのある国で働いている日本人の女性医師のドキュメンタリー番組なのだが、この医師がいつも、卵を持ち歩いていた。休暇のときも卵を持ち、休暇先からも卵を持って帰ってくる。「これが唯一《ゆいいつ》の栄養なので、手放せないんです」とその女性は言っていた。私たちはつまり、栄養の年間消費量が世界第二位なんだなあと、それを思い出すたび、大好きな卵をありがたく味わうのである。

本命塩

さほどおいしくはないがまずくもない料理を出す居酒屋で、でも値段が安価で内装がこじゃれているからソコソコ混んでいて、おしながきが筆の手書き風、っていうような店には必ずメニュウにうんちく付きの「ざる豆腐」や「よせ豆腐」があって、なんとなくそれを頼むと何種類もの塩が出てきたり、する。

塩がかように脚光を浴びるようになったのは、いつごろからだろうか。やっぱり平成に入ってからだろうか。一昔前、つまりそれは昭和のことになるのだが、塩といえばアジシオだった。

それが昨今、沖縄の、瀬戸の、伯方《はかた》の、北海道の、静岡の、と、日本各地のみならず、フランスの、モンゴルの、ベトナムの、チベットの、シベリアの、と、世界各国の塩が登場。海水塩、湖塩、岩塩と種類も豊富。塩の種類が増えるに従って、塩で食す、という新たな味覚革命も起きた。

すなわち、カルビ・ハラミを塩（昔はタレでした）。天ぷらを塩（昔は天つゆでした）。豆腐を塩（昔は醬油《しょうゆ》でした）。焼きそばを塩（昔はソースでした）。ちゃんこを塩（昔は味噌《みそ》か醬油でした）。塩ってうまい。塩で食べるほうがうまい。と、この十数年でみんな塩に開眼。アジシオしかなかったら、こんなに塩は浸透しなかったろう。

数年前、私は調味料に詳しくなろうと思い立ったことがあった。醬油にしたって味噌にしたって、味醂《みりん》にしたって塩にしたって、あまりにも種類があり過ぎる。すべてというのは無理だが、幾種類かは試してみて、それで自分の味覚に合うもの、よく作る料理に合うものを探してそれをマイ調味料として定着させよう、と思ったのである。

いくつかは定着した。味醂とか酢は「これを買う」というのが決まった。が、いくつかは種類があり過ぎて定着が甚《はなは》だむずかしい。味噌とか、塩とか。

そう、塩とか。

塩界は異常である。たくさんある、ということは知っていたが、たくさんあり過ぎる。沖縄の塩といったって、宮古から石垣から久米島からあるわあるわ。しかも塩って料理に使ってもなお強く残る違いはないし、一袋買ってもそんなにすぐには使い切れない。何種類も買ってソムリエよろしく味見でもしないことには、それぞれの個性の違いがはっきりとはわからない。

もう塩、あきらめた。もーうあきらめた。なんだっていいや。もう選ばないし覚えない。と、ほとんどすねはじめていたのだが、去年私は出合ったのである。これぞと思える塩に。

去年、仕事の取材で熊本は天草にある「ソルト・ファーム塩工房」を訪れた。そもそもなぜその取材日程にソルト・ファームが入っていたのか謎《なぞ》だったのだが、とにもかくにも訪れ、塩作りなどを見学させてもらい、夏場の塩作りの過酷さに恐れ入ったのだが、さてここで作っている塩を食べる段になって、驚いた。塩の味が複雑なのである。

最初に口に含んだときと、噛《か》んだとき、舌の上でとけるとき、飲み込んだあと、ぜんぶ違う。しょっぱいだけではない。

ここの塩は、最初に釜焚《かまだ》きで煮詰めてから天日干しするものと、最初から天日干しで作るものと二種類あり、結晶の大きさが違うのだが、この二種類も食べ比べると味が違うことがわかる。ちょっと感動である。

このソルト・ファームでは、「ナイス塩ット」というベタベタにチャーミングなネーミングの携帯塩も売っていて、おみやげにもらったのだが、この塩がじつはその後の取材旅行で大活躍。

その日の夜、私たちは焼き肉屋にいったのだが、町に一軒だけあるこの焼き肉屋のロースが、肉好き女（私）を感涙させるほどのすばらしさであった。カルビもハラミも凡庸なのに、ロースだけずば抜けてすごい。しかし、なんとも惜しいことに、このロースに付けるためのタレが、どう味わっても市販の焼き肉のタレなのである。あの、薄甘い、べたついたタレ。「どうしてここで市販のタレを使うかなあ！」と、その場にいた一同、頭を抱えたのだが、そこではたと思い出したのが「ナイス塩ット」。私たちは目配せをし合い、いただいた携帯塩をふりかけて夢のようなロースを食べ、静かに悶絶《もんぜつ》したのであった。

その後もこの塩は大活躍。九州といえば、場所にもよるがうっすら甘いたまり醤油が一般的らしい。翌日いった居酒屋でも、刺身のための醤油が甘いし、焼きおにぎりがうっすら甘い。慣れればこれ以外に考えられないのだろうが、それが人生二度目の九州訪問だった私には、やっぱり甘い醤油は食べつけず、こっそり携帯塩を出しては焼き魚にふり、刺身にふり、焼きおにぎりにふり、「うーん、うまい」と言うことができた。

塩選びにほとほと迷っていた私は、もう決めたのである。この天草の塩を我が家の常備塩に使う。もっとおいしい塩も、料理ごとに合う塩もたくさんあるのだろうけれど、もう浮気しない。最初の感動を尊重し、今後この塩でいきます。と、そう決めたら、気持ちがすーっと楽になった。たくさんあるのもしんどいのである。

もちろん「ナイス塩ット」も鞄《かばん》に常備しています。私と食事にいった際、「これはおいしい塩で食べたい」と思ったらば、「塩貸して」と、どうぞ言ってくださいましね。すぐ出すから。

ありが豚《とん》

トークショーのあとの質疑応答で、司会者が、何か質問はありませんかと訊《き》いたところ、お客さんのひとりが手を挙げ、「カクタさんに質問です」と言う。どんな質問がくるのか、背中を伸ばして待つと、「好きな肉の順位を教えてください」と訊かれた。この二十年の文学の変遷《へんせん》だとか小説と社会の関わりだとかよりはよほど答えやすい質問ではあるが、

「いちばんは豚です、それから羊、牛、という順番ですね」

と真顔で答えながら、少々恥ずかしくもあった。一応、肉についてのトークショーではなかったので。

肉でいちばん好きなのは豚。豚肉は牛よりもあっさりしていて、淡泊でありつつ奥ゆかしいうまみがあって、そして脂《あぶら》が独特においしい。賛同者がいるかどうかはわからないが私は豚の脂身が子どものころから好きで、家族が残す脂身をもらって食べて

いたほどだった。じんわりとにじみ出る、あのひそかな甘さ。豚カツは、だからヒレよりロースが好きだ。

料理は愛情だなあと、私に思い知らせてくれたのは、豚肉である。この場合の愛情とは、食べさせる人たちへの愛ではなく、素材への愛である。たとえば私は煮魚が苦手で、マスターするまでにずいぶんと年数がかかったが、豚は、料理を覚えたてのころから失敗知らずだ。豚の角煮、豚カツ、生姜《しょうが》焼き、餃子《ギョーザ》、叉焼《チャーシュー》、ポークソテー、豚の冷しゃぶ、豚を使う料理のほとんど、どういうわけだか最初からレシピを見ずとも作れたし、失敗をしたことがない。これは魚より豚肉を愛しているからだ。

さらに、私は発明料理、つまり名もなきおかず作りが苦手で、冷蔵庫に残った野菜や魚を自己流に調理すると、たいへん珍妙なものができあがるのだが、豚にかぎってはかならず成功する。豚カツ用の肩ロースの切り身に、たらことチーズをのせて焼く「好きなものだけ焼き」とか。薄切り肉に余り野菜を巻いて、醤油《しょうゆ》と酒と味醂《みりん》の甘辛タレで煮詰める豚肉まきまきとか。戻した白花豆とトマト缶で豚のブロック肉を煮込んだ料理とか。牛ではなく豚肉を使ったポークストロガノフクリームソースとか。

豚肉は、もう、どうしてみても失敗するということがなく、おいしい。これは私の豚肉への愛ゆえのことだろう。愛していれば、こんなにもうまくいくものなのだ、ほかのことと同様、料理もまた。

ところで豚には銘柄がある。この十数年ほどでずいぶん増えた気がする。鹿児島黒豚をはじめ、梅山豚《メイシャントン》、TOKYO X、三元豚《さんげんとん》、白金豚《はっきんとん》、アグー豚、もち豚、ローズポーク、イベリコ豚……数え上げたらきりがなく、また、食べたことのない銘柄もずいぶんと多い。お肉屋さんでも銘柄を表記して売っている。表記されると、愛ゆえに、それぞれの良さを知りたくなる。

一時期私は、豚肉ソムリエになろうとひそかな野望を抱き、いろんな銘柄豚を買って味を分析しようと思っていた。豚カツならば何が合い、生姜焼きならこれが合う、などと、すらりと言えるようになりたかったのだ。

少しはわかった。TOKYO Xはさっぱりしていて、イベリコ豚は牛と分類してもいいくらい濃ゆい、三元豚はあっさりしつつでもしっかりと豚のうまみと甘みがある……等々。が、わかるのはこの程度。どんな銘柄を買ってこようと、食べる段になって「うまーい」で終わってしまい、終わると忘れてしまう。アグー豚、うまーい。TOKYO X、うまーい。三元豚、うまーい。それっきり。それぞれの味を覚えていて、比べるということができない。だってどれも、本当においしい。

豚バーなるものがないかな、と私は夢想した。食事はすべて豚料理。しかも異なる銘柄がずらりあって、お客はきき酒ならぬきき豚ができる。そういう店さえあれば、それぞれの違いがよくわかるんだけどな。

と思っていたら、豚バーとまではいかないが、種類の違う豚肉を出す豚しゃぶ屋さんがあった。その日その日で銘柄は違うが、何銘柄かの豚肉があり、ともに注文することで違いを味わうことができる。知人にこの店に数度連れていってもらった私は、「私はどうやら狭山丘陵チェリーポークが好きだ」と思った。しかしながら、その日にほかのどんな豚があり、それらと比べどんな点においてチェリーポークが好きか、まったく覚えていない。あーおいしかったなー、しか、やっぱりないのである。

チェリーポークは、幸いなことに、近所のお肉屋さんで扱っている。理由はさっぱり覚えていないが、でもチェリーポークが好きだと思った記憶を頼りに、たいていの豚肉はここでチェリーポークを買って調理している。

もうひとつ、私が愛している銘柄豚があって、それはサイボクのゴールデンポークである。「埼玉種畜牧場サイボクハム」の豚肉。これは少し歩いた場所にあるスーパーでたまたま買って、あまりのおいしさに仰天し、捨ててしまったパッケージを拾ってどこのなんという豚か、調べたほどのおいしさだった。味が深くてでも強過ぎなくて、甘みがあって品が良くて、ほかの野菜と炒《いた》めても煮ても、ちゃんと豚の味が残る。

そうして驚くべきは、値段。銘柄豚とは思えないほど価格が安い。

チーズでも塩でも、種類と値段の幅が増え過ぎると、うんざりしてくるのだが、豚だけはうれしくてありがたい。見たことのない銘柄を店頭や飲食店で見ると、わくわくする。やっぱり愛だなあ。普遍の愛だなあ。

春のうれしさ

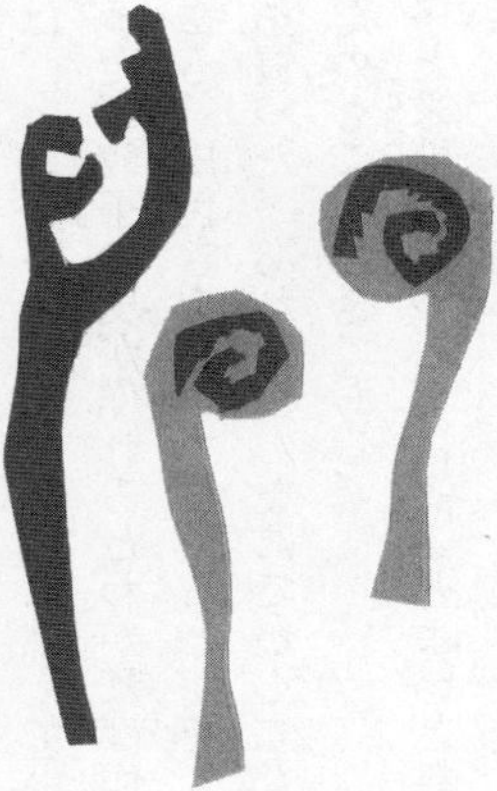

たけのこのために罪を？

料理を覚えたての二十六歳のころは、とにかくいろんな調理に燃えていて、自力でできることはなんでもやってみたかった。餃子《ギョーザ》の皮が作れるとわかれば作り、ピザ台が作れるとわかれば作った。たけのこも、皮付きを買って煮ることができるとわかって、さっそくでかい皮付きたけのこを買った。あれ、どんなにでかくても、皮を剥《む》くとちいさくなってしまうのだと知ったのもこのときである。

たけのこはアクが強いから、唐辛子と米糠《こめぬか》といっしょに煮るとよいと料理本で読み、わざわざ米糠まで買い求めて、煮た。

水煮のパックではなく、自分で煮たたけのこは、たしかに風味もよく、かすかに残る苦みもおいしい。歯触りもだいぶ違う。「なんでも手間ァー暇ァーかけたほうがよいってことだな」と、当時の私はひとり納得していた。

けれど自分で煮たたけのこには弱点がある。すぐ悪くなってしまうのだ。

やっぱりたけのこを唐辛子と糠で煮て、その後たけのこごはんを作り、保温したまま忘れて一日後、釜《かま》のなかではもう糸ひいてたもんね。

料理を覚えてから早くも十年以上がたち、未《いま》だに私は料理好きだが、あのころのような初々《ういうい》しいチャレンジ精神はすでにない。それを実感するのが、八百屋さんの店頭でたけのこを見かける初春。

私のよくいく八百屋さんには、八百屋さんの自家製水煮たけのこ（パックされておらず水に浮かんでいる）と、立派な皮付きたけのこの両方を売っている。皮付きたけのこ、そういや、ずいぶん糠で煮たなあ、おいしいよなあ、と思いつつ、私は水煮を買う。「たけのこください」と言って「当然こっちだよね」と冗談半分で皮付きを薦められながら、「いや、水煮のほう」と答えてしまう。

だって、たけのこを煮るのに、ふだん見向きもしない米糠を買うのって、面倒以上に何か抵抗がある。糠なんて買ったたって、あとは豚の角煮くらいしか使用法が思いつかないしなあ。それに、米糠、煮たあとの鍋《なべ》を洗うのが本当に面倒なのだ。チャレンジ精神のなくなった私は、だから現在はもっぱら水煮使用。

たけのこごはんは、すべてのまぜごはんのなかでいっとう好きだ。たけのこと油揚げだけでもいいし、鶏肉《とり》を入れてもおいしい。たけのこと油揚げと鶏肉をべつべつに煮る、とか、具材はあとで加える、とか、いろいろ作り方はあるようだが、どんな作り方をしても失敗が少ないのがいい。ずぼらな私はたけのこも油揚げも鶏肉もいっしょくたに煮て、米といっしょに炊《た》く。そんなおおざっぱな作り方だっておいしい。かつおぶしをまぶすかか煮もうまい、若竹煮もうまい、天ぷらもうまい。洋風に使っても、中華に使ってもうまい。焼いただけだって、ほこーっとして、でもしゃきーっとして、うまい！

こんなところにたけのこが入っていて、しかも合う！　と驚いたのは、タイカレーである。私がはじめてタイカレーを食べたのは一九八七年。なぜ覚えているかというと、衝撃的だったからだ。そのうまさと、たけのこや大根がカレーに入っていてしかもうまい、という、ダブル衝撃。私は今でもタイカレーを作るとき、必ずたけのこを入れる。はじめて食べたあの衝撃への、義理のような気持ちである。

去年、知人がたけのこ掘りにいったと言って、皮付きたけのこを送ってくれた。ひさしぶりに見る皮付きのたけのこ。それにしても皮付きのたけのこって妙に立派に見える。折り重なるようなたけのこの皮が、格の高い着物のように見えるからだろうか。

その包みには、椿《つばき》の葉がいっしょに入っていた。椿の葉をいっしょに煮れば、唐辛子や米糠を使わずともアクがとれると、知人からのアドバイスが手紙に書いてあった。

いっしょに煮てみて驚いた。本当にアクがとれる。しかも鍋の内側に米糠がはり付いてクソウ、ということもない。手軽。あとかたづけかんたん。そして自分で煮たたけのこは、水煮より、やっぱり断然おいしいのである。

これは脱ずぼらだな。今度から椿の葉でいこう、椿の葉で。もう水煮は買わないぞ。春のあいだは毎回煮るぞ。

そう決意したものの、問題がひとつあった。家や仕事場の近所に、椿の木がないのである。椿、椿、椿、と思いながら歩いていて、あるとき見つけ、狂喜したのだが、しかしそこはどなたかの家の庭。人んちの椿を、たとえ葉っぱ二、三枚とはいえ、勝手に摘《つ》んで帰っていいものだろうか。盗人《ぬすっと》行為ではないのか。たけのこを食すためだけに盗人っていうのもなあ。

うじうじと悩み、結局、他家の庭に手を伸ばすことがどうしてもできず、今年、私は水煮を買っています。

山菜デビュー

私の山菜デビューは遅い。なんたって去年だもの。去年といえば、四十一歳。四十一歳にして山菜に目覚めた。

それまで、山菜は私にとって野草であった。食べる人もいるんだろうが、基本、道っぱたに生えているだろうもの。それくらい身近だったというのではない。山菜が生えているのを近くで見るほど、ゆたかな自然のなかで育っていない。どこか遠くの道っぱたに生えていて、それを食べる人もいるのだろう、タデ食う虫もなんとやら、と思っていた。いつものことながら、まったく不遜《ふそん》なこの意見、申し訳ありません。

今まで見向きもしなかった山菜に、なぜ急に目覚めたか。それは日々の買いものを、スーパーから個人商店に切り替えたことがいちばん大きな理由である。

昨年、いちばん近くにあるスーパーマーケットで、エコ運動がはじまり、毎回毎回レジ係の人が、「袋はご入り用ですか」と訊《き》くようになった。こっちが手ぶらで、見るからに必要とわかっても、訊く。この人たち（というか、店の責任者）が言いたいのは、「自分で袋を持ってこい」ということだ。なのに、違うことを発語する。

意味の異なる言葉を口にされる、ということと、毎回毎回「袋ください」と答える、この二つの軽い不快にどうしようもない無力感を覚え、このスーパーマーケットには金輪際いかん、と決めた。

いかなくても不便はない、というか、格段に便利。意味の通じる言葉のなかで暮らすことができる。八百屋、肉屋、漬け物屋と個人商店をまわっていると、「袋ひとつにまとめようか」「そこに入れてもらってもいい？」と、袋関係だけでも、言葉に言葉どおりの意味があることに安堵《あんど》する。専門店のほうが断然、新鮮でおいしいということもわかった。餅《もち》は餅屋、はいつの時代にも通用するのだ。

私のよくいく八百屋さんでは、働く人たち全員、いついっても明るくて活気がある。野菜を選ぶ客のひとりひとりに「今日はブロッコリーがおいしいよ」「今日はキャベツが百五十円！　買わないと損だよ〜」などと、話しかけてくれる。「これ、どうやって食べたらいちばんおいしいの」などと、質問している主婦もいる。「それは油と相性がいいから、豚と味噌《みそ》味で炒《いた》めるとか、海老《えび》と塩で炒めるとか」と、かなり具体的な答えが返ってくるのもありがたい。

最初に薦められた山菜は、うど。山菜はぜんぶがぜんぶ、面倒な下処理が必要だと思っていたのだが、お店の人の「皮剝《む》いて塩で揉《も》んで茹《ゆ》でて冷水にとればそれでいいの～」という説明を聞くとやけにかんたんそうで、買ってみた。薄味の出汁で煮て、その香りのよさと食感、ほんのりした苦みに、山菜の価値を生まれてはじめて理解したのである。

それからはもう春のあいだ、山菜尽くし。たらの芽もふきのとうも、ふきもうども食べる食べる。

そういえばおばあちゃんのきゃらぶきって真っ黒でしょっぱくておいしかったナーと思いながら、真っ黒いきゃらぶきを作ったり、ふきのとうを煮るときに塩を入れ忘れたせいで、やけに茶色いふき味噌を作ってみたり、いきなりの山菜満喫生活。

でも油党の私がもっとも好きなのは、やっぱり山菜の天ぷらである。山菜の天ぷらを食べたら、茄子《なす》とか、紫蘇《しそ》とか、ごぼうにんじんペアとか、もうなんか、「いやー、お子さま！」という感じになる。私、もう天ぷらっていったら山菜しか揚げないもん。だから春しか天ぷらしないもん。と、デビューが遅いと何ごとにつけ、人はつけあがりますね。

私が昨年、もっとも感動したのは、コシアブラという山菜。これも件《くだん》の八百屋さんで教えてもらった。「下処理なし、ごま油で炒めて、お醤油《しょうゆ》と、すでに飲んでるお酒をちょびっとまわしかけて炒めて、七味ふってもうできあがり」とのこと。この八百屋さんのおねえさん、私が飲酒しながら料理することをちゃんとご存じなのだ。おねえさんの言うとおり作ったら、これがまあ、おいしいこと。苦みがあって、でも三つ葉みたいなさわやかさもあり、不思議なまろやかさとこくがある。山菜にこくがあるなんて！　何より調理がかんたん。

しばらく外食が続き、今日はうちごはんという日、私は八百屋さんに赴き、おねえさんをつかまえ、「こないだの、こないだのコシアブラってなんですかっ」と勢い込んで訊いた。

「この時季にしか出ない山菜で、コシアブラの実は熊《くま》の大好物だから、熊と競争して採るの」との答え。

「今日はありますか？　こないだの、すっごくおいしかった」

「あれねえ、もう時季が終わっちゃったの、ごめんねえ」

どうやらコシアブラの出まわる時季は、ほんの一瞬のようである。来年を待とう、と強く決意した。

デビューから一年経った今年、春が待ち遠しかった。二月も終わりころから山菜は店頭に並ぶが、値段が高いうちは私はまだ買わない。ケチっているのではなくて、まだ旬《しゅん》ではないという証拠だもの。値段が下がったとき、待ってましたとばかりに買い、今年も、うどの白煮やらふきと厚揚げの煮物やらせっせと作り、目をらんらんと輝かせて天ぷらを揚げまくった。そして今、コシアブラが入ったか巡回パトロール中。デビューは遅めだが、でも、デビューできてよかった。何ごとも遅いということはない、なんてだれかの言葉を噛《か》みしめる春である。

かわいや新玉葱《たまねぎ》

新、が付くとべつものになる。というのが私の持論。新ごぼうとごぼうは違う。新じゃがとじゃが芋は違う。そして新玉葱と玉葱も、違うのである。「新」が出るのは三月から五月くらい。「新」好きの私は、このあいだ、ごくふつうに生活しているように見えて、内心たいへん焦《あせ》っている。三月から五月、食べなきゃならないものが多過ぎる。空豆にうど、たらの芽にふきのとう、たけのこ。これら、あーっという間に八百屋さんの店頭から消えていくので、その短い期間にがしっと食べておきたいのである。

玉葱について、私はとくに何も感じたことがない。好きも、嫌いも、考えたことがない。そのくらい日常に馴染《なじ》んだ野菜で、たいていいつも、冷蔵庫にいる。そうしょっちゅう食べている自覚がないが、しかし冷蔵庫にいないほうが不自然で、いないと、「ちっ」と思う。「なんだよ、留守かよ」みたいな気持ち。

でも、玉葱が何をしてくれているかなんて、思いを馳《は》せたこともない。なぜ、南瓜《かぼちゃ》、にんじん、ブロッコリー、ほうれん草等各種ポタージュに玉葱が必要であるのか。なぜカレーにもシチュウにもグラタンにも欠かせないのか。なぜポテトサラダに入れるとキュッと締まった味になるのか。余っているからという理由だけですりおろして作ったドレッシングがなぜおいしいのか。玉葱はかように陰で活躍しているが、たとえば玉葱が単体で奮闘している料理があまりにも少ないので、その威力を私は忘れてしまいがちなのである。

でも、新玉葱は違う。

ポタージュスープを作るとき、新玉葱はもったいなくて炒《いた》められない。カレーやシチュウやグラタンにも、もったいなくて使えない。そもそも炒めたり煮たり、なんだかそれだけでもったいない。ポテトサラダに入れるのも、生だけど、かすかにもったいない。すりおろしドレッシングは、まあ許容範囲だが、しかしそれも「余ってるから」作るようなものではない、「新玉葱でおいしいドレッシングつーくろっと」といったような、華やかな気持ちでとりかかるものだ。「新」が付くだけでこんなにも格が上がる玉葱って、いったいなんなのか。

しかし、新玉葱はやっぱりとくべつだ。

かたちがかわいい。皮がまだ茶色くなっておらず、こびりついた土の向こうに白が透けて見える。アラジンと魔法のランプみたいなかたちなのも、かわいい。けっこう日持ちする玉葱とおなじ感覚で保存していると、あっという間に悪くなってしまうのも、なんというか、すねているみたいでかわいい。

この、何をしても「かわいい」感じって、新生児といっしょである。さすが「新」。新玉葱の玉葱との最大の違いは、辛みの少なさ。きりりと涼やかで、ほんのりと甘い。いちばんおいしいのは、やっぱり生食、サラダだと思う。

ふだんサラダの必要など感じたこともなく、食べたいと思ったこともない私だが、新玉葱はサラダで食べたい。わかめやじゃこと和《あ》えて和風サラダ、オイルサーディンにのせて洋風サラダ、ごま油、酢、醬油《しょうゆ》、豆板醬《トウバンジャン》のドレッシングにして中華サラダにもなる。

居酒屋で飲んだあと、男友だちのおうちに数人で遊びにいったとき、彼が、新玉葱を薄くスライスしたものに、鰹節《かつおぶし》をのせ醬油をまわしかけただけの、かんたんつまみを出してくれたのだが、これはちょっと感動した。この人、なんかかっこいいわ、と思った。手早くできて、口のなかがさっぱりする。すでに食べ終えたあとだから、このくらいのあっさり感がちょうどいい。しかも、酒に合う。

これが、玉葱だったらどうだろう。「ふうん」で終わったんじゃないか。水にさらしてなければちょっと辛いだろう、水にさらしてあれば「やけにまめな男だな」と思うだろう。どちらも彼自身への評価に影響はない、単なる感想に過ぎない。新玉葱の、あのみずみずしいしゃりしゃり感は、そのままなんとなく粋につながるが、玉葱の、辛っぽかったりざくざくしていたりする感じは、なぜか無粋寄りになり、「トマトにかけるとか、なんかないわけ、芸が」「ウインナと炒めるとかさー」「ツナ缶と和えるとかさー」と、図々《ずうずう》しくも思ってしまいそうである。

玉葱を弁護すれば、冷蔵庫になくて困るのは絶対的に新玉葱ではなく玉葱である。どちらが応用がきくかといえば絶対的に玉葱である。どちらの恩恵をより受けているかといえば絶対的に玉葱である。春先にしかないのが玉葱で、年じゅうあるのが新玉葱だったら、多くの人が困る。

これは新玉葱を赤ちゃんに、玉葱を中年として考えれば、よくわかる。世のなか、中年だらけだったら、なんだか真っ茶色なイメージだが、それでも最低限のことはまわっていく。赤ちゃんだらけだったら、赤ちゃんたちが困る。

そして赤ちゃんたちは、その存在だけでかわいい赤ちゃん期をあっという間に終えて、幼児になり、児童になり、少年少女になり、そしてやがて、茶色くふてぶてしく、いないと困る中年へと成長していくのであります。私もいなくては困る中年になれるよう、静かに地味にがんばりたいと思います。

初鰹《がつお》DNA

四月の半ば過ぎになると、魚屋さんの店頭に鰹が並びはじめて、わくわくとする。初鰹、食べねば、と思う。

とくに初もの好き、というわけではないのだけれど、なぜだか鰹には、「食べねば」心を刺激する何かがある。おなじ鰹でも、戻り鰹の時季はさほど「食べねば」にはならないんだよなあ。ちなみに戻り鰹のほうが脂《あぶら》が多いらしいので、ザ・脂女の私はそっちを好みそうなものだが、でも、やっぱり心躍るのは、どういうわけか初鰹。

さくを買えば、フライパンでかんたんにたたきを作れるそうだが、わたしはたたきよりもそのままの刺身のほうが好きである。厚めのそぎ切りにして、新玉葱《たまねぎ》をたっぷりしいて、その上に並べ、茗荷《みょうが》、生姜《しょうが》、ニンニク、大葉、あさつき、薬味をたくさん用意して醤油《しょうゆ》で食す。ポン酢で食べてもおいしいし、コチュジャンダレで韓国風にしてもおいしい。

私が一時期凝ったのは、ポリ袋に玉葱とすりおろしたニンニクと鰹を入れ、醤油を入れ、もんで味を馴染《なじ》ませて食べる漬《づ》け鰹。ニンニクの香りが強い牽引力《けんいんりょく》になって食べやめられないおいしさ。

ところで、江戸時代から初鰹は大人気だったらしく、川柳が多々ある。

女房を　質に入れても　初鰹、とかね。

当時は鰹はからしでも食べていたらしい、

はつかつお　からしがなくて　涙かな、とかね。

私も真似《まね》て、からしで食べてみたことがある。もちろんおいしいけれど、でも食べ慣れたニンニクや生姜のほうがやっぱり好きだ。

たぶん、こういう川柳をどこかで耳にしているから、よけいに初鰹に反応してしまうのかもしれない。あるいは、江戸時代から培《つちか》われた初鰹ＤＮＡというものが、私たちの内に流れているのか。私たちの内に潜《ひそ》む江戸ＤＮＡが、四月五月になると初鰹食え、初鰹食わねば、といっせいに騒ぎ出すのかもしれない。今は女房を質に入れなければならないほど、高価なわけでもないし。

鰹は何も刺身ばかりでなく、生姜をきかせて煮た角煮や、パン粉を付けて揚げるフライ、トマトと煮る煮込みなど、加熱料理もある。知人宅におよばれしてそういう料理をごちそうになり、そのおいしさに感動しても、いざ自分で作ろうかとなると、「なんかもったいない」という気持ちがむくむくと頭をもたげ、結局いつも、自分の家では生状態で食べることになる。考えてみれば、私、自分の家で一度も鰹を加熱調理したことがないな。

鰹は洋風にしても活躍してくれる。カルパッチョもいいが、薄切りにするのがすでに面倒な私は、いつもの刺身のごとく厚めにして、すりおろした玉葱・ニンニク・レモン汁・オリーブオイルに塩、胡椒《こしょう》でソースを作り、それを皿にしき、その上に鰹を並べ、端を切ったポリ袋からマヨネーズを細めに絞り出してかける料理をよく作る。ソースがオリーブオイルの黄色っぽい緑になって、鰹の赤とのコントラストがたいへんに美しい料理なのである。

しかしながら、よくよく考えてみれば、鰹ってそんなに存在感のある魚ではない。好きな魚は？　とか、好きな鮨《すし》ネタは？　とか、刺身だったら何が好き？　とかいった質問に、真っ先に名を挙げられるタイプの魚ではないと思いませんか？

子どものころを思い出してみれば、私にはそれぞれの魚との密接な思い出がある。たとえばまぐろと蜜月《みつげつ》を送った思い出。骨がある、という理由で進んで食さなかった秋刀魚《さんま》との思い出。朝食でよく顔を合わせましたね、という鯵《あじ》との思い出。二十代半ばまでいっさいお会いしませんでしたね、というふぐとの思い出。でも、鰹は、空白。ひとり暮らしをはじめ、自炊をするようになって、魚屋の店頭で「あ、初鰹」と意識する、それ以前の私と鰹のかかわりはどのようであったのか、と思い返しても、はっきりした記憶がない。私ほどの元偏食だと、好きか嫌いかがかなりはっきりしているのに、それも、よく思い出せない。

偏食期、まったく食べなかった魚の共通点は、骨のある青魚、あまり好きではなかった魚の共通点は身が白い、なので、そのどちらからも外れる鰹は、どちらかといえば好きの部類だったと思われる。が、「わーい今日は鰹」と思った記憶が、ないのである。

じつは今も、鰹カツオと騒いでせっせと食べているのは、四月から五月。梅雨時季に入るころには鰹のことなどさっぱりと忘れ、かわはぎだ、かれいだ、うにだ、おおシンコの季節だ、鮨屋にいかねば、などとほかの魚に目移りして、めったに思い出さないのだから、私のなかで今も存在感が強いとは言い難い。

とはいえ、江戸時代に思いを馳《は》せさせてくれる、貴重な魚であることにかわりはない。その季節、DNAに導かれて魚屋の店頭で立ち止まり、昔と今と時代も環境もこれほど変わっても、人の内には変わらないものがあるんだなあとふと思わせてくれるのは、私にとって春先の鰹と、土用の鰻《うなぎ》くらいである。

年に一度のアスパラ祭り

五月になるとそわそわする。もうすぐか、まだまだか、とそわそわする。アスパラガスの、取り寄せ時季である。

北海道から取り寄せるわけだが、アスパラが登場して消えるまで、驚くほど早いのだ。八百屋さんの店頭にはアスパラガスは一年じゅうあるけれど、本当の旬《しゅん》ってこんなに短いんだなあと、いつも感慨深く思う。が、感慨に耽《ふけ》っている暇はない、本当にさっと申し込まないと、取り扱い終了になってしまうのである。

アスパラガスの取り寄せが可能な時季は、だいたい四月の半ば過ぎから六月あたままで。この一カ月とちょっとのあいだに、何度取り寄せができるかが私にとって勝負どころなのである。生鮮食品だから、いっぺんにたくさん買うわけにはいかない。最小単位の五百グラムを買っては食べ、なくなればまた買う。三回くらい取り寄せられれば「ああ、いい春であった」と満足する。

北海道産アスパラガスの威力を思い知ったのは、十年ほど前。北海道出身の友人が、母親から送られてきたというアスパラガスをお裾《すそ》分けしてくれたのだ。食べてみて、まったくなんの誇張もなく、奇声を発しそうになるほど驚いた。んもう、ぜんっぜん違う。私の知っているアスパラガスとはぜんっぜん違う。やわらかさが違う。ぽくぽく感が違う。においが違う、風味が違う、歯ごたえが違う、甘みと余韻が違う。なんですかこれ。

今まで私はアスパラガスそのものというより、料理されたものが好きだった。ベーコンといっしょにバターで炒《いた》めたものとか。ホワイトソースのたっぷりかかったグラタンとか。粉チーズと温泉卵ののったサラダとか。豚肉をぐるぐる巻きにして、グリルしたものとか。串《くし》揚げ屋で食べる、一本丸ごとのアスパラもおいしいですね。でも、北海道のアスパラは、おいし過ぎて料理したくならない。バターやホワイトソースなどと味を絡《から》めてしまうのが、もったいないほどなのだ。

北海道産アスパラのもっともおいしい食べ方は、ただ茹《ゆ》でる。これだけ。ただ茹でる！　あとは塩でもマヨでも好きなものを付ければよろしいし、なんにも付けなくたっておいしい。

注意すべきは茹で時間。北海道産アスパラはたいへんにやわらかいので、通常食べているアスパラより、かなり短めの茹で時間で引き上げないと、せっかくのぽくぽく感が台無しになってしまう。一度、いつもの感覚で茹でて、ふにゃふにゃアスパラにしてしまったことがある。食べられないこともないが、激しく後悔した。以来、取り寄せアスパラを茹でるとき私は神経をとがらせ、ガス台にへばり付いている。結論として、一分強くらいの茹で時間がちょうどいい。がさつ女代表の私は、パスタを茹でるときも肉を煮るときも時間など計った例《ため》しがないのだが、アスパラは目をぎらぎらさせて計る。

昨今私が凝っているのは、ただ茹でると同様、ただ焼く、という調理法。よくいく居酒屋で出てきた「アスパラ焼き」を真似《まね》したのである。居酒屋では、アスパラに刷《は》毛《け》で油を塗り、炭火でじっくり焼いていたけれど、私は魚焼き用グリルにただ並べて、焼く。油は塗らない。カロリーを慮《おもんぱか》って、等の理由ではなく、単に刷毛がないから省略しているだけ。

けっこうすぐに焦《こ》げ目が付いてしまうので、注意して見て、うっすら焦げたらくるくるまわす。ひととおり焼けたら取り出して、熱いうちに塩で食べる。ただ茹でとおんなじように、ビバアスパラと叫びたくなる。

取り寄せたものではない、つまりふつうに八百屋さんで買い求めるアスパラは、ときとしてギャンブル性がある。筋張っていたり、硬かったりするわけだが、悔しいことに、これが実際に食べてみるまでわからない。私はとくに筋張ったアスパラを、もう地獄の沙汰《さた》ほど憎んでいて、たまたま買ったアスパラが筋すじだったりすると、「キー」と地団駄踏みたくなる。

でも北海道からやってくるアスパラにはそれがない。みんなちゃーんと安定しておいしい。ローリスクハイリターン。

ところで、アスパラガスをたくさん食べると、おしっこがアスパラ臭くなるのを知っていますか？　ならない人もいるらしいが、私はなります。

アスパラに含まれるアスパラギン酸には新陳代謝を促す効果があるらしく、それに利尿作用も含まれるため、アスパラ臭がするらしい。このアスパラギン酸には疲労回復の効用もあるそうで、私はアスパラを食べたのちにおしっこがちゃんとアスパラ臭くなると、「よし」と思う。「よし、きいてるきいてる」と思うのである。

六月も中ほどになると、アスパラの取り寄せ時季も終わり、私の大量摂取も終わる。八百屋さんで売っている、四、五本が束になったアスパラを調理する日々に戻る。グラタンや炒め物やサラダや。おしっこがアスパラ臭くなることもなくなる。そうしてまたじっと、来年のアスパラ祭りを待つのである。

ホワイトアスパラが成し遂げた革命

私たちの世代にとって、ホワイトアスパラといえば缶詰で、「おいしくない」とほとんど同義であった。缶詰に入ったホワイトアスパラは、へにょーんくにょーんとしていて、缶臭く、かすかに酸《す》っぱく、存在意義があまりよくわからない感じのものだった。

もちろんあの、へにょーんくにょーんを好きな御仁もいるであろう。が、大半はやっぱり、「なんなのこれ」と無意識に思っていたはずだ。缶入りチェリーと同じ立場。とうぜん、私にとってもそれは「単なる飾り」でしかなかった。レストランで何かの付け合わせに出てきても、手を付けたことはない。

そんなわけだから、私たちの世代は、おのおの成長してから、ホワイトアスパラ革命に立ち合っているはずだ。

ホワイトアスパラ革命、それは、缶詰でないホワイトアスパラに、驚き感動し落涙し、「今までの自分と今日からの自分は、もう、違う」とはっきり意識する瞬間を指す。

どこだったか覚えていないが、私の場合は六、七年前のイタリア料理屋だった。前菜にだれかがホワイトアスパラを頼み、全員でシェアすることになったのだ。ホワイトアスパライコール缶入りイコールおいしくないイコール存在意義がわからない、の私は、「こういう人っているよなあ」といじましく思った。「注文奉行。……いいや私のぶんはだれかに食べてもらおう」と。

無知だった。阿呆《あほ》だった。

しっとりと茹《ゆ》で上げバターでさっと炒《いた》めたホワイトアスパラは、ひとりに一本ずつ配られた。申し訳程度に食べて他人に譲るはずだった私は秒速で完食し、放心した。なんですかこれ。ホワイトアスパラってへにょーんくにょーんじゃないの？　なあにこの、ほの甘くてとろーんとしてバターとの相性抜群のこれはなんですか？　これがホワイトアスパラだとするなら、きっと戦前戦後またいでホワイトアスパラ陰謀というのがきっとあったに違いない、ホワイトアスパラ大王みたいな人が、このおいしさをあんまり多くの人に教えちゃうとホワイトアスパラがなくなっちゃうから教えちゃだめ、と決めて、イタリア人にはいい、フランス人にもいい、でも日本人には教えちゃだめ、と選別までしていたに違いない。その陰謀の故《ゆえ》に私たちは缶入りホワイトアスパラしか知らんかったのだ。そうして昨今その大王が世代交代か何かして、博愛的寛容な人が大王の座について「こんなにおいしいもの、みんなが知るべきだ！」と制令を変えて日本にも生ホワイトアスパラをもたらしてくれたのだ、きっと。

……いや本当は、もっと違うきちんとした理由があったに違いないが、しかし、イタリア料理店に赴かなくとも、春先に生ホワイトアスパラはふつうに八百屋の店頭で売られるようになった。本当にね、二十年前はこんな光景はなかったんですよ。

ホワイトアスパラは、酢を加えた湯で茹でるとか、茹で汁のなかに浸《つ》けたまま冷ますとか、下ごしらえが面倒そうであんまり買わず、もっぱらレストランで食すことが多かったのだが、あるときうちに遊びにきた友だちが、ささっと料理をしてくれたのを見て、勇気を得た。彼女はホワイトアスパラの下ごしらえなどまったくせず、ごくふつうに料理をしていたのだ。このとき彼女が作ってくれたホワイトアスパラ料理は、パスタ。パンチェッタを炒め、パスタの鍋《なべ》で軽く茹でたホワイトアスパラをそこに投入、パスタと生クリームを加えて完了というかんたんレシピで、たいへんおいしかった。

以来、私もとくに下ごしらえのことなど考えず、生ホワイトアスパラを購入するようになった。

やっぱりいちばんおいしいのは、茹でてバターで炒めたもの。チーズをかけて焼いてもおいしい。生クリームとも相性がいい。

そうして、新食材のつねとして、そのくらいしか料理が浮かばない。あんまり応用がきかないんですね。でも、いいのだ。この時季食べておかないと、もう来年まで姿を消すからね。

ところで、ホワイトアスパラは、日にあてないアスパラガスだというのはだれもが知る常識なんだろうか。私はそれを知ったとき、「そんな馬鹿《ばか》な！」と思った。冗談みたいじゃないか。日にあてないから白いなんて！

私の北海道出身の女友だちには色白美肌の人が多く、いつも「なんとなくずるい」と思っているのだが、おおざっぱにいえばそれとおんなじことなわけでしょう？　ってことは、緑のアスパラたちもホワイトアスパラのあの白さを「なんとなくずるい」と思っているのかな。いや、まさかね。

世界じゃが芋の旅

本当に感心するのは、じゃが芋の頑丈さである。

じゃが芋は、どこにでもある。どっこにでも、ある。育つ場を選ばない。アフリカの内陸国、マリにいったとき、海のないこの国に魚の種類はたいへん少なくて、市場にいっても肉が主、魚は干したもの、果物や野菜は種類というよりも色自体が少ないと感じたのだが、それでも、芋は豊富にあった。まん丸いもの、楕円《だえん》のもの、ちいさいもの、赤っぽいもの、白っぽいもの、いろんな種類のじゃが芋があった。レストランにいくと、付け合わせとして必ず芋は登場した。

そう、芋の威力を思い知らされるのは、日常においてより、むしろ異国にいったときだ。

アイルランドを旅した十年前も、芋だらけで驚いた。スーパーの芋コーナーは私の見知った東京のそれの五倍ほどあった。何料理のレストランでももれなく芋が付いてきた。中華料理屋で炒飯《チャーハン》を頼んだときにも、炒《いた》めたごはんの隣に山盛りのポテトがのっていて、「ここまでするか」と笑ってしまった。マッシュポテトのおいしさに目覚めたのは、この地で、である。

先だって、ウラジオストクからパリまで旅したのだが、ここでも芋は威力を発揮していた。ロシアの隣のバルト三国は、まさに芋尽くし。

三つの国のなかでもいちばん芋芋していたのは、ポーランドと国境を接するリトアニア。ここではじゃが芋料理が名物らしい。

じゃが芋のパンケーキというしろものを注文したところ、出てきたのは、お好み焼き大のパンケーキ三枚。でかい。「でかい」と思わず言ってしまうと、それを運んできたおねえさんは「うふふ、明日の朝のぶんも入れといたのよ」と冗談を返した。が、冗談ではなかろう、というほどの量。皿には、サワークリームといくらが付いている。

これが、うまかった。細切りにしたじゃが芋を、どのようにしてかまとめて、丸く焼いているのである。外側がさくさくしていて、なかがほっくりしている。ほんのり塩味で、そのまま食べてもよし、サワークリームもいくらも合い、三枚ともたいらげてしまいそうなほど、軽くておいしい。

それから、ツェペリナイという名物料理もあった。

かたちは、皮を剝《む》いてそのまま茹《ゆ》でたようなじゃが芋。それに、ベーコンの入ったホワイトソースがのっている。私はこれを食すべく、ツェペリナイの種類が多いというレストランに赴いた。種類が多いのは、ソースである。チーズソースとか肉入りソースとか玉葱《たまねぎ》ソースとか。私は「ベーコンとマッシュルームソース」を注文してみた。ナイフで半分に切ると、なかに肉団子が入っている。わあ、おいしそう、と口に運び、「うむ？」となった。外側のじゃが芋は、コロッケ状に丸めてあるのではなくて、小麦粉か何か、結構な量のつなぎとまぜ合わせてもちもちしているのだ。ういろうくらい、もちもちしている。まずいことはないが、いや、充分おいしいのだが、でも、個人的な好みとしては、もう少しまぜものが少なくてもいいと思う。

お隣ポーランドではそんなにじゃが芋イメージはなかったけれど、そこから向かったウィーンでは、シュニッツェルの付け合わせに出てきたポテトサラダがあまりにもおいしく、思わず「この作り方を教えてください」とお店の人に言ったくらいだった。このお店、おじいさんひとり、おばさん二人がやっている、有機食材を使った料理とワインを扱うこぢんまりした店で、ワインがたいへんにおいしかった。おばさんの指南によると、そのポテトサラダは、「芋を茹でて粗く刻み、みじん切りにした紫玉葱をまぜ、そこにほんのちょびっとのビーフコンソメスープを加えて、パンプキンシードオイルで和《あ》えて塩、胡椒《こしよう》」、とのことだった。

そういえばお隣ドイツも芋が有名だったな。ジャーマンポテトのジャーマンって、そうか、ドイツのって意味だったかと今ごろ気づく。

さらに、ウィーンの次に向かったアムステルダムでは、ファストフードとしてコロッケとポテトが有名らしい。それらを売る自動販売機まであった。

街を歩くけっこうな数の人が、ポップコーンが入っているような逆円錐形《えんすいけい》の紙製容器に入った何かを食べながら歩いていて、なんだろう？　と思ったら、ポテトだった。少し太めに切って揚げたポテトを、ケチャップならぬマヨネーズに付けて食べる。コロッケは、ファストフード店ではなくレストランで食べたが、まわりの衣がさくーっとしていて、中身がとろとろ、クリームコロッケのようでたいへんにおいしかった。

いや、何も、世界のじゃが芋料理を研究するための旅ではなかったのだけれども。

旅から帰ってきたらすでに春で、八百屋さんの店頭には新じゃがが並んでいてうれしくなった。最後に私の好きな新じゃが料理をひとつご紹介。十五年くらい前に料理雑誌で見て、以来、ほぼ毎年作っているものだ。

ちょっと厚めに切ったベーコンと、よーく洗った新じゃが（皮付き）を油で炒め、出汁・砂糖・酒・醬油《しようゆ》で落とし蓋《ぶた》をして煮る。汁気が少なくなったら、茹でて皮を剝いた空豆を散らし、最後にバターをひとかけ落とす。これがもうねえ、うんまいのです。それを食べながら、旅行のあとにかならず「やっぱりうちがいちばん」とつぶやいていた母親のごとく、「各国芋料理もいいが、やっぱり和食がいちばんだねい」と、つぶやいたのであった。

脳内チーズ

チーズといえば『アルプスの少女ハイジ』である。このアニメは私が小学一年生のころ放映されていた。私はハイジの大ファンで、作文帳の表紙に似顔絵まで描いていた。今でも描ける。

このハイジの食事シーンに、チーズがじつによく出てきた。アルムおんじの山小屋で、とろーっととけるチーズをハイジたちは食べるのである。

干し草のベッド、白パンとともに、このとけるチーズは長らく私の憧《あこが》れとなる。

私の幼少期、年代でいうと昭和四十年代後半から五十年代はじめ、チーズといえば一種類しかなかった。プロセスチーズである。六ピースに切ってあるチーズとか、羊《よう》羹《かん》状のチーズとか、形状は違えど味はいっしょ。羊羹状のチーズを切るためのナイフもあって、これで切るとチーズの側面に波形がつき、いかにもチーズらしくなった。

もちろん、世のなかの中心にはさまざまなチーズがあったのだろうが、私んちのように辺境の庶民的な一般家庭にあるのは、まずプロセスチーズ。ハイジの食べていたような、鍋《なべ》で煮詰めてとろーりさせるチーズは、スイスの山奥にいかなければ食べられないのだと思っていた。

そののち、とろけるチーズが登場し、私は「とろける」そのことに感動した。あのハイジのチーズとはまったく違うが、ともかくとろけるのだ。パンにのせて焼いたものを噛《か》み切ると、「ぬそー」っと糸がのびるのだ。この「とろける」チーズ、四角くて薄くて、一枚一枚パックされていたなあ。今もふつうに売っているので、そんなに懐《なつ》かしがることはないんだけれど。

クリームチーズの存在を知ったときもうれしかった。チーズなのにほんのり甘い！　しかもチーズケーキが作れちゃう！　しかし図々《ずうずう》しい私は自分で作らず、母に作り方を覚えてもらってばくばく食らっていた。

チーズが混乱を極めるのは、私が大学生になる前後じゃなかろうか。カマンベールとかチェダーとかカッテージとかモッツァレラとか青カビ白カビとかパルミジャーノとか。こうなると、もう何がなんだかわからない。どこかのレストランで食後にチーズを頼んだとき「ウォッシュタイプでもよろしいですか」と訊《き》かれ、「はあー、洗ったチーズ？」と訊き返してしまったことを思い出す。

それ以降、チーズの種類はどんどん増えて、私は理解を放棄している。今やチーズ専門店なんてどこにでもある。

チーズ専門店をはじめて見たときは、人ってそんなにチーズ食うのだろうか、すぐ消滅するのではなかろうか、と思っていたけれど、意外なことにチーズ店はどんどん増え続けている。かつての、専用ナイフで切る羊羹状のチーズ、今はさぞ肩身が狭いだろうなあ。

私がもっともよく使うのは、よつ葉のシュレッドチーズ。このメーカーが好きというより、よく買いものにいく店に、このメーカーしか売っていないのだ。

グラタンとドリアばかりでなく、茹《ゆ》で野菜にかけて焼いたり、ハンバーグに入れたり、餃子《ギョーザ》に入れたり、オムレツに入れたり、ハムエッグのハムとエッグのあいだに挟んだり、気持ちと時間に余裕があるときはピザも作るしキッシュも作る（キッシュはかんたんだが、作るのになぜか余裕が必要）。

要するに私は、かたちあるチーズより、とろーんとしたチーズが好きなのである。モッツァレラもとけているとワクッとするけれど、トマトとモッツァレラのサラダだとまったくときめかない。

少し前まで、仕事場近くに若い女性がやっているカフェがあり、私はランチを食べにここに通い倒していた。なぜならば、この店、日替わりのメニュウが四種類あるのだが、そのうちのひとつが必ずドリアなのだ。「茹で卵と粗挽《あらび》きウインナのドリア」だったり、「ほうれん草と肉団子のドリア」だったり、ドリアがないときは「牛肉とチーズと卵のカレー」とか「チーズののったオムデミライス」とか、ぜったいに一品はチーズがらみ。メニュウで見る「チーズ」という文字の、その魅惑よ。この店、突然なくなってしまって、私は本当にかなしい。あんなにチーズを多用してくれるランチの店は、そうそうないのだ。

とろーんのチーズで、失望したことがひとつだけある。チーズフォンデュである。チーズフォンデュは、もっとも私の憧れチーズに近い。あの、ハイジで見たチーズだ。はじめてこれを食する機会があったときは、あまりのうれしさに落涙しそうだった。七歳のときから夢見てきたハイジのチーズ……。

しかし頭のなかで、ハイジのチーズはこの世にはあり得ないほどの極上の味になっていて、現実のチーズフォンデュに満足できるはずがなかったのである。しかも、チーズに浸すのは野菜かパンではないか。「肉、肉、肉は浸さないのー」と私は内心で叫んだ。

ああ、これだよこれ、と思えるハイジのチーズに、いつか出合える日がくるのだろうか……それとも脳内味覚のほうが、やっぱり勝ってしまうのだろうか……。

アボカドギャンブル

昭和四十年代生まれの私に見慣れない食材はずいぶん増えたと、よく書いているが、アボカドは、見慣れない食材初期だ。子どものころはあまり見かけなかったけれど、二十代のときにはもう登場していた（ちなみに、私にとって見慣れない食材後期は、アーティチョーク、ロマネスク、など）。

みなさんの前にはどのように登場したのかわからないけれど、私の前には、「わさび醤油《じょうゆ》で食べておいしい」姿で登場した。だから、プリンに醤油をかけて食べるとうに味になるとか、キュウリに蜂蜜《はちみつ》でメロン味とか、そんななんちゃって系だとばかり、思っていた。たしかにアボカドはわさびにも醤油にも合うし、食感もちょっとトロっぽい。

黒くてごつごつした見かけ。皮を剝《む》いてあらわれる緑色。ねちゃっとした手触り。偏食時代の私なら、まず敬遠し、試したとしても無理無理無理無理な食べものだと思うのだが、なぜか、最初から平気だった。ふつうにおいしいと思った。でも、なんちゃって系の食べものなんだろうなと思っていた。トロが食べたいのにお金がないときにやむなくわさび醬油で食べるような。

違うと気づくのはしばらくのち。わさび醬油じゃなく、ごくふつうにサラダで食べて、あら、アボカドってアボカドとしておいしいのね、と知ったのだ。しかもものすごい栄養豊富。ビタミン、ミネラル、食物繊維まで豊富、しかし高カロリーだから食べ過ぎ禁物。

皮を剝いてそのまま放置していると、すぐに変色してしまう。レモン汁を振りかければきれいな緑色のまま。茹《ゆ》でた海老《えび》とマヨネーズで和《あ》えたサラダにしてもおいしいし、まぐろとユッケ風にしてごはんにのせて食べてもおいしい。チーズをのせて焼いてもいい。海老や刻んだ茹で卵と春巻きの皮で包んで揚げてもいい。

メキシコを旅したときは、ワカモレがおいしかったなあ。ハラペーニョやトマトや玉葱《たまねぎ》、香菜とともにアボカドをすりつぶしたペーストで、トルティーヤやトルティーヤ・チップスに付けたり挟んだりして食べるんだけれど、ステーキの付け合わせに出てきたこともあった。たぶんずいぶんな高カロリー料理なのだろうけれど、しっかりした嚙《か》みごたえの肉と、とろーりとしてちょびっと辛いこのディップはものすごくよく合った。

スペイン語のメニュウが読めず、いつも勘で頼んだり、あるいは屋台で食べたりしていたから、正確な名前がわからないのだけれど、トルティーヤに肉や野菜を巻いたロールサンドイッチ風のものにこのワカモレが入っていたり、表面をぱりぱりに焼いたチキンをピタに挟んだのにこのディップをかけたり、けっこういろんなところでお世話になった。

こうして書いていて気づくのは、アボカドっておいしいのに料理の手間があんまりかからない、ということだ。

そもそも切って醬油だけでおいしいのだし、あのワカモレだって、複雑な味のわりにはかんたんにできる。

でも、アボカドを買うときって、ものすごーく勇気が要りませんか。

高カロリーの故《ゆえ》ではない。ちょうどいいジャストの熟し具合が、わかりづらいのだ。

私は子どものころから、商品にやたらに触るなと厳しく躾《しつ》けられてきた。野菜に触ってはいかん、パック入りの肉を押してはいかん、桃なんか言語道断で触れるべからず。それが刷り込まれていて、触るのに抵抗がある。長年の経験から、桃は触らずともおいしいのを買えるようになった（でも失敗はあるが）。でも、アボカドは無理。

たいていアボカドに窓付きシールがついていて、「この色が最適」と窓のなかの色を参考にするようになっているけれど、あれを参考にしてアボカドを買う人っているんだろうか。いや、きっといるんだろう。私はしない。できない。だって、全体的にその窓の色のアボカドっていうのは滅多になくて（だから窓付きシールなわけだが）、一部はその窓のなかの色だけど、そのほかは緑っぽかったりもっと黒っぽかったりする。

そんならどうするかというと、私は罪悪感を覚えながら、そ、と握るのである。あくまで、そ、である。へこんだりしないよう、そ。その「そ」で、やわらかーい感触が伝わってくれれば食べごろだが、あんまりやわらかすぎるとダメになっている。これが本当にむずかしい。初期とはいえ見慣れない食材に属するものであるだけに、むずかしい。

アボカドのまんなかにナイフを入れて、くるーっとまわし、ガチャガチャのカプセルの蓋《ふた》を開けるようにぱかりと開けたとき、「まだ早かった」「遅かった」と思うときの、あの落胆のすさまじさはどうだろう。私は本当に、自分でも呆《あき》れるくらい深く落ち込む。あーあー、あーあーあーもう。という気分になる。だって、アボカド、代用きかないから、作ろうと思っていた料理をあきらめるか、もう一個買ってくるしかないのだ。しかももう一個買ってきたって、おんなじことかもしれない。

こういう理由で、アボカド大好きなのだが、その好き度と買う頻度は比例していない。

いつだったか、自然食品のスーパーマーケットで、まだ若いおにいちゃんがレジを打っていたのだが、かごのなかに入っていたアボカドに触り、「これ、ダメになってると思うんで、交換してきていいスか」と言い、ターと走ってべつなものと換えてくれたことがあった。すごい。感動した。そのプロ根性もさることながら、かごから出しただけで熟《う》れ具合がわかる、その感度に。

私もアボカド専用の感度がほしいなあ。そうしたらもっとしょっちゅうアボカドが食べられる。カロリーはこわいけどね……。

正しい夏

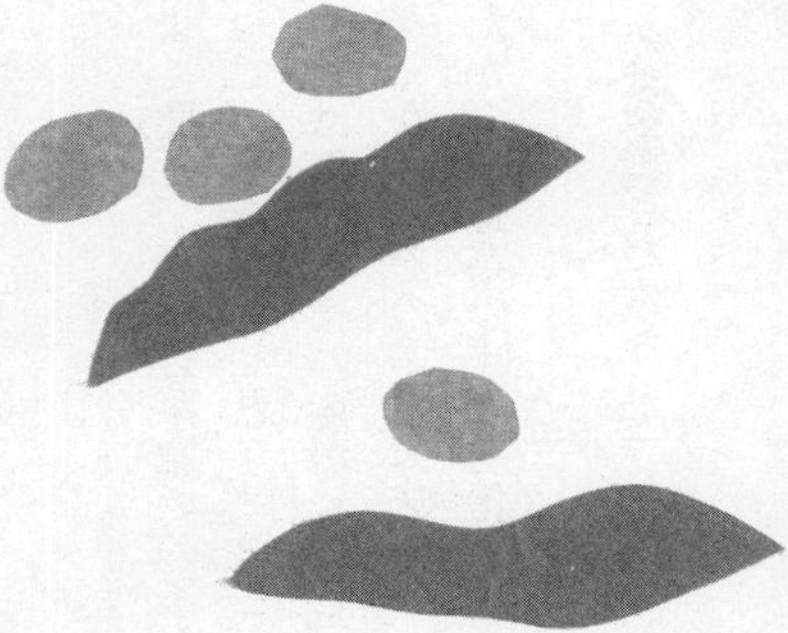

もろこし衝動

改良が進んで野菜の味が変わったと、よく聞く。私は野菜嫌いの子どもだったので、たしかにその「嫌い」だった部分が薄まっているなあ、と思う。たとえばにんじんはもっと土臭かったしクセがあった。キュウリはもっと青い味がしたし、トマトはもっと酸《す》っぱかった。全体的に甘く、クセがなくなり、そのぶん薄味になった。私はそのクセと味の独自な濃さが嫌いだったわけだから、野菜の味の変化を嘆くことも、昔の味を懐《なつ》かしむことも、あんまりない。

けれどひとつだけ、「これはちょっと、変え過ぎだろう!」とさすがの私も大声で言いたいものがある。

それはね、とうもろこし。

滅多に食べるものではない。子どものころは夏場のおやつとしてよく登場したが、大人になって、さらにひとり暮らしなんてはじめると、購入自体、そうそうしない。

歯で実を削り取って食べる、という食べかたを、多くの成人女性は敬遠するのではなかろうか。歯に挟まるし、実を齧《かじ》ったあとの芯《しん》には、何かかなしい風情《ふぜい》がある。そもそも、何かの料理にどうしても必要というわけではないし、どうしても必要な場合は冷凍コーンのほうが使い勝手がいい。

が、それでも、唐突に食べたくなることがある。冷凍の、最初から実だけばらばらになった便利なコーンではなくて、丸ごとのとうもろこしにかぶりつきたい。夏になったことを体ぜんぶで実感すると、よく私はそんなもろこし衝動に駆られる。

四、五年前だったか、やっぱりそんな衝動に駆られて、スーパーマーケットでとうもろこしを買って食べたのだが、一口食べて「おい！」と思わず言いたくなった。「おい、変え過ぎだろう、味！」と。

何この甘さ。人工物というか加工品というか、ともかく何か人の手の入った甘さ。まるでお菓子。愕然《がくぜん》とした。

ねえキミ、キミは昔はこんなじゃなかったよね。こんなにべたべたした甘さはなかったよね。いったいどうしてこんなことになってしまったの。と、つややかに並ぶ黄色い粒々に語りかけたい気持ち。そのくらい、甘かったのである。

一昔前より人は甘いもの好きになった。林檎《りんご》もにんじんも甘くなったし、梅干しだって市販品はほとんどが甘い。テレビを見ていると、タレントやアナウンサーは肉を食べても甘い、米を食べても甘い、海老《えび》を食べても甘いと表現し、それはイコールおいしいという意味である。戦時中は甘いもの不足で、お汁粉やおはぎなんて夢のおやつだったことを考えれば、もしかして甘いという味覚は、日本人が思い込まされているゆたかさでもあるのかもしれず、なんでもかんでも甘くなったのはそれだけゆたかさを追求したからなのか？　とまで私は考える。

でもね、とうもろこしは甘過ぎます。こんなに甘くしてどうする、と、私は怒りすら覚えます。

あんまりにも堂々と甘いので、ふと不安を覚えた。もしかして昔からとうもろこしはこんなに甘かったのかもしれない。私が忘れているだけかもしれない。

それを実証するために、翌日、自然食品の店でへんに細工されていなさそうなとうもろこしを買って、食べた。やっぱりあんなには甘くなくてほっとした。以来、とうもろこし衝動に突き動かされたときは自然食品の店にいくようにしている。なおかつ宣伝文句に「甘さ」が強調されているときは買わないようにしている。ときどき、「昔のトマトの味がする」とか「そうそう、にんじんってこんな味だったのよ！」などと、嬉々《きき》として言う人がいるが、そういう人の気持ちがようやくわかった次第である。

とうもろこし、昔は茹でていたんだけれど、蒸したほうがだんぜんうまいと気づいてからは、蒸す。手間はそんなに変わらない。蒸して塩をふればいいだけだから、まったくかんたん。

でも、やっぱり、とうもろこしって子どもの食べもの、という感が拭《ぬぐ》えない。思うに、あのあざやかな黄色が子どもっぽいんだろうな。あと、食べ方。豪快にグワシとかぶりつく姿は、子どもだからこそ似合う。

夏の縁日には焼きもろこしの屋台が決まって登場し、その香ばしいにおいで道ゆく人を魅了しているけれど、私はあれを食べたことがない。たこ焼きもお好み焼きも綿菓子もかき氷も焼き鳥も食べるが、焼きもろこしは「うーん、いいにおい」と思うだけで、食指が動かない。見るからにザ・面倒、だからだ。醤油《しょうゆ》で手も口もべたべたになり、しかもかすが歯に挟まり、歩きながら食べるには厄介、見ている側にしたら滑《こっ》稽《けい》、芯も捨てなきゃならない、と、クリア事項が多過ぎる。

でも子どもは食べる。クリア事項も面倒も、子どもの辞書にはない。うおー、いいにおい、と思ったら親に買ってもらって手をベタベタにして食べるのである。そして翌朝、排泄物《はいせつぶつ》にあざやかな黄色がまじっていたことを親や友人に嬉々として報告するのである。正しい子ども、正しい夏。

茄子《なす》にん

けっこうな大人になるまで偏食で、野菜が全般的に苦手だった私だが、茄子は子どものころから好きだった。おそらく、茄子は油と肉とセットになった調理法が多いからではないか。私の母親が茄子を用いてもっともよく作ったのが、茄子の挽《ひ》き肉挟み揚げ。真ん中に切り目を入れた茄子に、挽き肉と炒《いた》め玉葱《たまねぎ》をまぜたものを挟んで、パン粉を付けて揚げたもの。肉が好き、油が好き、という私にとって、これはたいへんに魅惑的なおかずであった。

茄子は調理されるとき、揚げられることがたいへんに多い。麻婆《マーボー》茄子も茄子と肉の味噌《みそ》炒めもがんもなどとの炊《た》き合わせも、揚げた茄子を使う。茄子を揚げずに使う調理法もあるが、揚げたほうがおいしい。これはひとえに茄子と油の相性の故《ゆえ》だろう。茄子は黒っぽい紫で、それだけごろんと置いてあるといかにも地味だが、揚げることによってつやつやとなまめかしい光沢を放つ。そして野菜としてはあり得ないほどに、とろーん、となる。食べる私も、とろーん、となる。

焼き茄子も田楽も煮物も好きだが、やっぱり「揚げ」が調理に加わっている茄子料理が、私はたいへんに好きだ。とはいえ、自分で料理をする際、茄子だけのために揚げ用鍋《なべ》を出したり、多用した油の処理をしたりするのは面倒くさい。油好きだが面倒くさがりな私は、フライパンに多めの油を引いて、蓋《ふた》をすることで揚げの代用としてしまう。

この夏、私は茄子バブルだった。知り合いの女性が、自分の家で作ったという茄子を、まるで定期便のようにお裾《すそ》分けしてくれたのだ。これが本当においしい。彼女にもらった茄子が切れると、なんとなく八百屋でまた茄子を買い、そうするとまた彼女が茄子をくれるという、まさに茄子バブル。私は夏じゅう、せっせと茄子を調理し続けた。

茄子と挽き肉のドライカレーは、茄子は揚げなくともとろーんとなってくれる。茄子入り餃子《ギョーザ》もとろーんであった。これは両方とも、茄子をがんがんにみじん切りし、塩をふってしばらく置いて、絞る。けっこうな量の茄子が消費される。茄子入り餃子を作るときは、挽き肉を買うよりもバラ肉を買って粗めのミンチにしたほうがおいしかった。

それから茄子の揚げ浸しを応用した、茄子の南蛮風サラダもおいしかった。出汁と醤油《しょうゆ》と味醂《みりん》、多めの酢と鷹《たか》の爪《つめ》でタレを作り、葱、茗荷《みょうが》、キュウリなんかを細切りにして入れる。そこにフライパンで炒めた茄子やししとうやピーマンを漬ける。味が馴《な》染《じ》んだころに食べてもおいしいし、冷やして食べてもおいしかった。

茄子とチーズの相性も異様だ。茄子とトマトとか、茄子とズッキーニとベーコンとか、茄子と挽き肉とか、炒め焼きしたものを並べてチーズをのせて焼くだけで、もうなんでも勝手においしくなる。

そうなのだ、茄子と相性がいいものは、ことごとく私の好物。豚肉然《しか》り、チーズ然り、油然り。茄子を使った料理は、私の愛する豚肉やチーズや油と、あたかも私自身が相思相愛になったかのような錯覚を抱かせてくれるのである。

こんなに食べてもまだ茄子はある。そして私は、そういや、茄子の味噌汁ってものがあるよな、と思い至った。私の育った家では、茄子は味噌汁の実としては使われなかった。だから馴染みがない。今まで作ったこともない。でも、作ってみた。そしてぎょっとした。

出汁に茄子を入れたら、緑とも紫ともつかぬ、不気味な色になったのである。ちょっとショックを受けるほどの不気味さである。絵の具の付いた筆を浸した筆洗器のような、とても食べものとは思いたくない色。味噌をとくと薄まるが、それでもなんかへんな色。こ、これはいったい、と怖《お》じ気《け》づき、友人に会ったときに「茄子の味噌汁がへんな色になる……」と暗い顔でうち明けたところ、友人は、何を今さらそんなことをぬかしておる、とでも言うような余裕の表情で、「それは茄子に含まれる成分がとけだしているんだよ。防ぐにはみょうばんを使うか、いったん茄子を炒めて、あとから入れるとよい」とまで、教えてくれた。みょうばんって何、と思ったが、さらに余裕の表情を見るのもしゃくなので、訊《き》かなかった。炒め方式にした。

ごま油で茄子をさっと炒めて取りだし、その鍋で味噌汁を作り、あとから茄子を入れる。おお、本当にへんな色にならない。しかも、ごま油の香りがなんとも魅惑的ではないか。茗荷を入れてもいいな、ごまをふってもいいな、黒胡椒《こしょう》でもいいな、と思いながらも、そのどれも切れていたので、ただの茄子の味噌汁のまま、食べた。うまかった。

ところで、のちに調べたところによると、「とけだす成分」は、ナスニンというらしい。茄子のナスニン。なんて愛らしいんだろう。ますます茄子が好きになる。

ゴーヤの部

私は昭和四十二年生まれである。

わざわざ生まれ年を明記するのは、その時代を思い浮かべていただきたいからである。高度成長期と括《くく》られるこの時代、世のなかはゆたかになりつつあったが、でも、あくまでも途上であった。私がものごころつくころには、すでに家には洗濯機もテレビも電話もあったが、でも、今ふつうにあるものの多くはなかった。ビデオも電動歯ブラシもデジタル時計もパソコンもなかった。スパゲッティはあったけれどペンネはなかったし、マンゴーや香菜なんてものもなかった。それからゴーヤもなかった。

パソコンや携帯電話の登場と、見慣れない食材の登場は、まったく関係がないのだろうが、私のなかでほぼ同時期という印象がある、バブル経済期のど真ん中あたりで登場し、その終焉《しゅうえん》近くに私のような庶民の一般生活にゆっくり入り込んできた、そんな印象である。

私がゴーヤをはじめて食べたのは九〇年代半ばだった。たぶん市場にはもっと早く登場していたと思うのだが、食べず嫌い・偏食の私は手を出さなかったし目も向けなかったのだと思う。

知人に連れていってもらった沖縄料理店で、ゴーヤチャンプルを食べたのが最初。ただでさえ野菜嫌いだった私はこのはじめて見る奇妙な野菜を「うまいっ」と思うはずがなく、へえ、という程度だったのだが、この店のチャンプルはたいへんにおいしかった。

それから自分でもゴーヤを買って調理するようになったが、やっぱり、おいしいから買うというよりは「チャンプルにはゴーヤが入っているもの」という固定観念の故《ゆえ》に買っていた。そして買うたび、「私が子どものころにはこんな野菜はなかったネー」と、自分の年輪をしみじみ実感するのである。「世のなかゆたかになったネー」と。

沖縄料理店がごくふつうにあちこちにできて、ごくふつうに訪れて食事をするようになって、そうして気づいたことがある。おいしいゴーヤチャンプルとそうでないものがある。

考えてみればこれは当然のことである。おいしいラーメン屋とそうでない店がある。おいしいイタリア料理店とそうでないところがある。すべての料理にアタリとハズレと微妙がある。微妙というのはソコソコで、このソコソコが世のなかにはいちばん多い。そしてゴーヤチャンプルも、ソコソコがいちばん多い。

水っぽいとか、ゴーヤがくたくたとか、逆に硬過ぎとか、味が薄いとか濃いとか、でも食べられないこともないから食べて、なんか口惜しい気持ちになる。そう、ソコソコのものは人を口惜しい気持ちにさせる。口が惜しい。まさに。

ゴーヤは塩をふって数分おいて水気を絞ると苦みが抜けると、はじめて買ったときからなぜか私は知っていたが、これも苦みを抜き過ぎるとゴーヤでもキュウリでもいいべさ、ってことになるし、つよーく絞り過ぎると食感が消えてしまう。なかなかむずかしい。『おいしい野菜の見分け方』（バジリコ）を見たら、ゴーヤは、白く透明な膜がかかったようなものがおいしいらしい。これ以上熟してしまうと、苦みが強くなるとのこと。たしかにありますね、白っぽいゴーヤ。

最近では私の味覚もだいぶ大人になり、ゴーヤをおいしいと思うようにはなったが、しかしこういう、幼少時に食べていないものはなかなか「あー食べたい」という気にならない。そもそも脳内味覚に「ゴーヤの部」がまだできあがっていないのである。八百屋の店頭でゴーヤを見、「あ、そっか、夏か、ゴーヤだな」と意識して買う。

天ぷらとかお浸しとか、肉詰めとかいろいろ調理法はあるが、でも、やっぱり「ゴーヤの部」ができあがっていない私が思いつくのはいつもチャンプル。最初に食べておいしいと思ったものが、刷り込まれているらしい。ゴーヤチャンプルを作る際、私はいつも最後に鰹節《かつおぶし》をざあっとふりかける。最初に食べておいしいと思った店がそうしていたのである。これだけでずいぶんとおいしくなると私は思う。

ゴーヤを子どものころから食べつけていると、きっと、夏が近づくにつれて「あーゴーヤ食べたい」と思うのだろうな。今の子どもたちは東京都内に住んでいたってゴーヤもパパイヤも青カビチーズもホルモンもポルチーニも食べられる。そういうものを食べて育つと、大人になっていろんなものに郷愁を感じなくてはならないのだろうか。昭和四十年代生まれの私にはちょっと想像つかない。

あ、でも、書いていて思い出した、友人の子ども（四歳）の好物は、魚の干物、漬け物、野菜の煮物、であった。四十年代の子どもの好物、スパゲッティやグラタンや海老《えび》フライは手を付けないほど、苦手らしい。食材界のグローバル化が進むと、人はドメスティックに回帰するのだろうか。

かくれ王、素麺《そうめん》

素麺を嫌いな人って、きっといないと思う。いないどころか、夏になるとだれもが一度は熱烈な気分で「ああ〜、そうめん〜〜〜」と、悶絶《もんぜつ》するように思うはずだ。あんなにパンチがなくって、よわよわしくって、主張もなさそうで、もの静かで、アクもクセもない素麺だが、夏場の存在感はすごい。

だれしも子どものころから夏場には素麺を食べてきた。その思い出も似たり寄ったり。白い筋のなかにピンクとか黄色があってそれがほしかったエピソードは、百人いれば九十八人が語るのではないか。

他の食材でもそうだが、世のなかにはまずい素麺とおいしい素麺がある。そうしておいしい素麺ときたら、ちょっとびっくりするくらいおいしいのだ。揖保《いぼ》の糸、三輪《みわ》素麺、なんてブランド品は、ふつうにおいしい。ハズレがない。が、世のなかにはもっとすごいことになっている素麺もある。

『八日目の蟬《せみ》』（中央公論新社）という小説の取材で小豆島にいったとき、島じゅうのあちこちに素麵の専門店があった。「島の光」という、小豆島名物の素麵があるのだ。季節が季節ならば、あちこちの軒先でカーテンのように干された素麵が見られるらしい。

到着した日のお昼に素麵を食べたのだが、おいしくてびっくりした。何か不思議なこくがある。ふつうの素麵のパンチがゼロだとしたら、二十くらいのパンチ力がある。

奈良にいったとき、「ここの素麵はおいしい」と同行した編集者が教えてくれ、さらにおみやげ用を買ってもくれたのだが、これもまた、「ひえー」というおいしさであった。

この本の担当者、おいしいものに目がないTさんが送ってくれた富山の「大門《おおかど》素麵」もパンチがあってすばらしい。

日本各地にすごい素麵が潜んでいるのである。

しかし素麵は、薬味もほかのおかずもなく、素麵だけ食卓に出すと、なんともいえないものがなしさが漂う。白い麵だけ、というかなしさ。だから私たちはせっせと食卓をにぎやかにしようとする。

まず薬味。葱《ねぎ》や茗荷《みょうが》や生姜《しょうが》や大葉や薄焼き卵を刻んで出すと、ちょっと華やかになる。

でもそれだけじゃまだもの足りない。何かおかずがほしい。ここでいつも、私は熟考する。なぜ熟考かというと、素麺ってあんなにアクもクセもないくせに、ぴたりとはまるナイスペアおかずがあんまりないのだ。素麺＋コロッケとか、素麺＋お刺身とか、なんか違う感がいなめない。素麺＋とうもろこし、ってなんだか記憶にあるし、いい具合の組み合わせのようにも思うが、季節のものをただ並べただけという気もする。

素麺はさっぱりしているから、天ぷらなんかいいのではないかとも思うが、蕎麦《そば》＋天ぷらの最強ペアには到底かなわない。鰻《うなぎ》なんかどうだろう、と思っても、鰻ならやっぱり酒かごはんがほしくなる。

無理やり合わせて合わないこともないのだが、うーん、何か違うんだよなあ。

私は個人的には、茄子《なす》と挽《ひ》き肉のピリ辛炒《いた》めが、素麺には最高に合うと思っている。自分でもなぜそれに固執するのかわからないが、素麺といえば「茄子と挽き肉のピリ辛炒めも作らねば」と強迫観念のように思い、実際用意する。それを作るのが面倒で、素麺を茹《ゆ》でないことまである。素麺に合うおかずを考え続けて二十年近くなるが、本当に思い当たらない。素麺アンケートをしたいくらいだ。

ところで、素麺は冷たくひやしてつゆで食べるのがいちばんおいしいと私は思っている。にゅうめんって、それがちゃんとした料理であると知っても、なんとなく夏に処理しきれなかった残りものの「あとかたづけ感」がつきまとう。ソーミンチャンプルも沖縄及び沖縄料理店で食べればおいしいが、自分であんなにうまく作れる自信がなく、作ろうと思ったこともない。

先だって、冷えた素麺でなく、「これはっ」という素麺の食べかたがあった。

大阪にいったとき、鱧鍋《はもなべ》を食べたのだが、この鱧鍋、うっすら塩味のついた出汁と岩海苔《のり》で食べるのだ。具材は鱧と豆腐のみ。うまい、うまいとむさぼり食ったのだが、最後のシメに素麺が出てきた。鱧の出汁がうまく出た鍋に入れ、出汁と岩海苔で食べる。この素麺が、まあおいしかったこと。鱧鍋ではつはつに膨らんだ腹にもするする入るし、圧迫感がない。これはなかなかすぐれた素麺の食し方だ……と思ったのだが、そもそも鱧を自宅で調理しないから、あんまり自宅応用はできないか。でも、そのほかの鍋のあとでも、意外にいけるのではないか。それともペア探しでけっこう苦労させられるように、素麺のやつ、鍋も「これは合わない」「これはいまいち」と、選んだりするのかしら。

素麺、なんにも主張がなさそうで、けっこう王さまキャラなのかもしれない。

鰻《うなぎ》ジンクス

先に、日本人の江戸DNAを喚起する食べものとして、初鰹《がつお》と鰻がある、と書いた。今回は鰻について書きたいと思う。

梅雨が明けるころ、あちこちから「土用の鰻」と聞こえてくる。テレビでも言っているし、スーパーや魚屋にのぼりも出る。そうすると、初鰹と同じく、鰻、鰻食べねば、と思う。

私感だけれど、私が子どものころよりずっと、日本人はこうした季節食に夢中になっている印象がある。あるいは子どものころは気づかなかっただけかもしれないのだが、それでも昨今は、バレンタインデーのチョコレートも、お彼岸のぼた餅《もち》やおはぎも、節分の日の恵方《えほう》巻きも、一昔前より断然ヒートアップしているように思うのだけれど、気のせいだろうか。ちなみに、私が子どものころには、関東では恵方巻きを食べる習慣などなかった。

土用の丑《うし》の日に鰻を食べるといい、というのは、江戸時代、鰻が売れなくて困っている鰻屋から相談を受けた平賀源内が宣伝のために考案し、広めた、というのが、いちばん有名な説である（ほかにもいろんな説があるにはある）。土用の丑の日は年に数度あるらしいが、「鰻のスタミナで夏場を乗り切ろう」といった宣伝理由もセットになっているため、土用の丑の日といって多くの人が思い浮かべるのは、夏だろう。

平賀源内説が正しいかどうかはさておき、江戸時代にはじまった土用の丑の鰻熱は、今も現役である。突如全国的になった恵方巻きなどとは異なり、ずーっと昔から、土用の丑の日に鰻を食べる人は多いし、その日でなくとも、夏場は鰻を食べる機会が多い。

私も土用の丑の日には必ず鰻を食すし、夏ばてかなと思うと、「よっしゃ、鰻で精をつけたる」と思う。なんの精力かはわからねど。

しかしながら、私は子どものころ、鰻を食べられなかった。見かけの故《ゆえ》である。

私の生まれ育った家はたいへんな田舎にあったので、銀行にいったり、スーパーにいったり、というちょっとした用事でもバスに乗らねばならなかった。バスに乗っていく町には商店街があり、そこに並ぶ魚屋の店頭には巨大バケツがいつも置いてあった。バケツの中身は鰻。数え切れない鰻たちが、ぬるぬるぬるぬるぬると、白い腹、黒い背を交互に見せながら泳いでいるのである。私はそこを通るたび、立ち止まってじーっと見ずにはいられなかった。こわ過ぎて、見入ってしまうのである。母親が銀行や果物屋で用事をすませるまでのあいだ、そこにしゃがみ込んで見ていたこともある。

私の母親は鰻が好きだった。自分の好物より家族の好物を優先する人だったが、それでもよほど好きだったのか、鰻はよく食卓に出た。

目の前の茶色い平べったいものと、魚屋の店頭で見るぬるぬるぬるぬるした蛇のごときものとを重ね合わせると、決して箸《はし》を持つ気にならないのだった。それでも我が家は好き嫌いオーケー食べ残しオーケーの家だったので、べつのおかずがきちんと出てきた。

鰻をはじめて食べたときのことは、未《いま》だに覚えている。

その日は叔母と祖母がきていて、お昼に店屋物の鰻をとったのだ。祖母と叔母と母は鰻丼《うなどん》を、私はきっと違うものを注文したはずだ。女三人はかしましく会話しながら鰻丼を食べている。叔母がふと「食べてみる?」と、私に訊《き》いた。「でも、気味悪いよね鰻って」と言うと、「あの見た目から想像できないおいしさなんだよ」と叔母は言った。

どうしてそのとき食べる気になったのか、たぶん、女三人のおしゃべりと、夢中で食べるさまが、私の内に何か点火したのだろう。じゃあ食べる、と言って、食べた。しまったおいしい、というのが、そのときの感想。しまった、おいしいじゃん、ほんとうに。

その日以来、私は鰻を好きな食べものに分類するようになったのだが、しかしながら、焼いても未だ残るグロテスクさとは、しばし闘わねばならなかった。あんまりじーっと見ると、気味が悪くなってくるので、見ずにぱくぱく食べるのである。じつは未だに、じーっと見ないで食べている。

それにしても鰻は、安価なものとそうでないもの、流行《はや》っていない店と有名店とでは、きちんと味が違う。自分で調理するたぐいのものではないから、おいしいものを食べようと思ったら、少々贅沢《ぜいたく》するしかない。

ところで、十五年ほど前の話になるが、鰻には変わったジンクスがあった。芥川《あくたがわ》賞にノミネートされたとき、その選考結果を、鰻を食べながら待つと受賞できる、というのが、それ。私がその賞にノミネートされていた十数年前に、まことしやかに言われていたのだった。賞にまつわるそういう不思議なジンクスはじつは多々、ある。某バーで結果待ちをすると直木賞が受賞できる、とか、ふぐを食べて待つとよい、とかね。たいてい、複数の人がたまたまそのようにして待ち、受賞が重なった結果、生まれたジンクスである。鰻はだれからはじまったのか、知らないのだけれど。ちなみに当時若かった私は、その賞のはじめてのノミネート時はバックパックを担《かつ》いでオーストラリアを旅しており、二度目三度目は、自分ちで編集者十数名と宴会をしていた。いずれも鰻を食していない。もちろん、だから受賞できなかったなんて言うつもりはないが、しかし直木賞は、件《くだん》のジンクスバーで結果待ちをして、受賞させていただいた。しかしながら、どちらのジンクスも、今はもうべつのものに変わっていることだろう。

ちなみに十数回の選外歴を持つ私にも、個人的なジンクスがあるのだが、長くなるのでその話はまた今度。

気がつけば枝豆

肉が食べたい、と激しく思うときもあるし、魚食べたい、と思うときもある。茄子《なす》食べたい、もある、じゃが芋食べたい、もある。桃食べたい、も、ナッツ食べたい、も、やっぱりある。

が、「枝豆食べたい」は、ないんじゃないか。

もうどうしてもどうしても枝豆が食べたい、狂おしく食べたい、って、私の場合、あんまりない。ないけれど、それが自宅であろうと居酒屋であろうと、夏のテーブルには、ちょこんと存在している。それが枝豆。狂おしく食べたくはならないけれど、ないと、なんだか物足りない。なければないでべつにいいんだけれど、あればあったでぜんぜんかまわない、むしろうれしい。枝豆の、この不思議な存在感よ。

枝豆は、さやに入っている。グリンピースも空豆もさやに入っているが、調理するときはさやから出す。枝豆はさやごと調理し、さやごと食卓に出す。エンドウ豆もさやに入っているが、さやごと食べる。枝豆のさやは食べられない。つまり、枝豆は食べるのに面倒な上、空さやというゴミが出る。なのに人は、その面倒を厭《いと》わない。これまた、不思議ですねえ。

そしてそんな面倒な枝豆だが、食べようと思うとそれだけにかかりっきりになる。おかずではない、純然たるつまみだからだ。

夏の定番仲間、冷や奴《やっこ》も似たようなものだが、しかしこれは、しようと思えばごはんのおかずにもなるし、ほかのものと組み合わせ可能だ。キムチ奴とかオクラ奴とかしらす奴とかね。でも、枝豆は枝豆だけ。ごはんのおかずにはならない、ほかのものと組み合わせ不可。ただ、目を宙にさまよわせ、さやを手に取る、口に運ぶ、豆を押し出す、豆を嚙《か》む、ビールを飲む、と永遠なる単体の往復運動。このとき、たいていの人はなんにも考えていないと思う。空白のまま、往復運動をし、「はっ」となる。「はっ」となって、ほかの皿のものに箸《はし》を伸ばす。

もちろん、枝豆を使う料理はある。枝豆炒飯《チャーハン》とか、枝豆入りサラダとか、肉味噌《みそ》に枝豆入れたり、パスタに枝豆入れたり。でも、これって「冷蔵庫にあるから、何かで使わなきゃ」系の料理だ、と思ってしまうのは、私だけであろうか。だってその料理、枝豆がなくてもきっと成立するもん。

枝豆のポタージュというスープもあるし、枝豆を使う豆ごはんもあるけれど、それだってやっぱり、空豆のポタージュでも代替可だし、豆ごはんはグリンピースが一般的で、どうしても枝豆じゃなきゃだめ、という料理でもない。

どうしても枝豆じゃなきゃだめ、という料理は、枝豆、そのものしかない。と、私は思う。そう考えると、狂おしく食べたくなるわけではない枝豆が、たいへん立派な存在に思えてくるではないか。そのもので勝負。それだけで勝負。

ところでこの枝豆であるが、値段にけっこうな幅があるのをご存じでしょうか。

二百円くらいのものもあるし、七百円近いものもある。一度、その値段の理由を舌で知りたくて、六百円ほどの天狗《てんぐ》印の枝豆を買ったことがある。ちなみに、六百円ほどの枝豆というのは、私にはかなり高級な部類である。

うん、たしかに、香ばしくて豆の味が甘やかで、ノーブランド枝豆よりはおいしかった。だだちゃ豆は買ったことがなく、もらって食べたが、こちらもたしかに味が濃くておいしい。でも、さすがに千円を超すとなると「だって枝豆だよ?」と言いたくなる。

ブランド枝豆もいいが、枝ごと売っている枝豆があれば、それがいい。キッチンばさみでチョキチョキとボウルに落とすように切り、たっぷりの塩で揉《も》む揉む揉む。しばらく放置したあと、以前は茹《ゆ》でていたのだが、さいきん私は蒸すようになった。ル・クルーゼなどの厚手の鍋《なべ》に、枝豆とコップ半分ほどの水を入れて、二分ほど加熱、あとは余熱で蒸す。このほうが甘みが引き立つ気がするんだけれど、どうだろう？

野菜嫌いだった子ども時代の私も、枝豆は好んで食べていた。が、今のようにさやに口をあて、豆を押し出して食べることがどうしてもできなかった。さやのなかに虫がいたらどうしよう、と思っていたのだ。だからいちいちさやから豆を手のひらに取り出して、虫がいないかじーっと眺め、安全を確認してから食べていた。そうして成長過程のあるとき、枝豆のさやに虫が入っているのなんて見たことない、と結論づけて、それからは中身を確認せずに食べられるようになった。

この変化にビールが影響しているのは間違いないと、今になって推測する。ビールなしで枝豆を食べていた子どものころは、そんなふうにノラクラ食べていても、いっこうにかまわなかったのだ。が、食にビールが導入され、枝豆と切っても切れない仲になるにしたがって、口に運ぶ豆を押し出す豆を嚙むビール、口に運ぶ豆を押し出す豆を嚙むビール、の往復運動を滞りなくスムーズに行う必要性が生じ、それに合わせて、「虫なんかいない」の気づきに達する、という具合。

ビールに枝豆って、ただ合うだけだと思っていたんだけれど、枝豆がアルコール分解を助けてくれるって知って、ちょっと頭が下がる思いだった。狂おしく食べたくはならない枝豆ではあるが、やっぱり食べないと夏を迎えた気がしない。えらいなあ、枝豆は。大豆にもなるしね。

鱧《はも》で加齢を思い知る

鱧。さかなへんに、ゆたか、と書いて、はも。

長く、存在しなかった魚である。

世のなかには存在したのだろうが、私の世界には存在しなかった。子どものころはもちろん、二十代のときだって、ついぞ見かけなかった。

最初に食べたのは、三十代になってから。おそらく和食系の飲み屋の一品料理で出てきたのだと思う。氷の上にのった鱧、それに添えられた梅。

食べても食べなくても変わらないじゃん。

それがはじめて食べたときの感想。おいしいとは思えなかった。どことなく口触りが悪いし、なのに水っぽく、梅の味ばかりする。

一度登場すると、不思議に何度も登場するようになる。私自身は決して好んで注文しないが、気づくとだれかが注文している。あるいはコースに含まれている。あれば食べる。食べるが、食べても食べなくてもよかったな、と思う。そのくりかえし。

鱧、食べたいなと思うようになったのは、三十代も後半のころ。そう思うようになったきっかけは、鱧は季節ものだと知ったから。年がら年じゅうあるとありがたみも感じないが、「夏場だけ」「冬場だけ」は、味わっておかなくては損、というような気分になる。そういうのって加齢の証拠なんだろうと思う。十代、二十代のときは、苺《いちご》が出まわるのはいつかも知らなかったし、スイカを食べなければ夏じゃないなんて思わなかった。夏も冬も秋も春も、これから何度もうんざりするくらいあると、若い人は無意識に思っている。それが若さの美しき傲慢《ごうまん》だ。

加齢してくると、その季節にしかないものを味わうことで、その季節がやってきて、去っていく、ということを実感するようになる。この先何度、その季節を丸ごと感じられるだろうと、これもまた無意識に思うようになる。

近所の和風居酒屋に、六月になると「鱧 はじまりました」という貼《は》り紙が出る。それを見ると、「おっ、食べねば」と思う。

食べても食べなくてもいい、という私の鱧印象を変えたのは、じつはこの店。

その貼り紙を見て鱧コースを食べにいって、鱧が、口触りも悪くなく、水っぽくもなく、梅の味ばかりではないと知ったのだ。ちなみにこのお店の鱧の落としは、氷にのっていない。

鱧のコースは落とし、天ぷら、照り焼きとハモハモ尽くし、最後は鱧しゃぶである。このお店の板さんはちいさなデジタルタイマーを貸してくれる。鱧を湯に落とし、十五秒で引き上げて食べるのがいちばんおいしい、という。タイマーをきっちりにらんで鱧を鍋《なべ》に入れ、ふわあと花が開くような美しさに見とれているとすぐ十五秒。ぱっと引き上げ、タレにつけて食べる。骨だらけの魚というごつさが信じられないくらい、やさしく、やわらかく、ゆたかな味がする。

この店で正しく鱧に出合った私は、鱧にたいして気持ちを入れ替えたのであるが、どこの店でも鱧はおいしいかというとそんなことはなくて、やっぱりきちんと店を選ばないと「食べても食べなくてもいい鱧」が出てくるから、要注意ではある。

今年七十七歳になる私の年長の友人は、「祇園《ぎおん》祭がはじまると、おいしい鱧はぜーんぶ関西にいっちゃうんだから、その前に食べなきゃだめ」と言う。その説をとると、関東でおいしく鱧を食べるには、ごくかぎられた期間ということになる。もちろん真偽のほどはわからないけれど。

大阪にいったら、そんなにあらたまった店ではない、ごくふつうの居酒屋に、ごくふつうに鱧しゃぶがあってびっくりした。しかも、安い上、量がものすごい。こんなに安かったら、もしかして食べても食べなくても系かも、と思いながらしゃぶしゃぶしたのだが、なんとまあ、きちんとおいしいではないか。身がひきしまり、やさしく、やわらかく、ゆたかな味。この店のシメは、にゅうめん。しゃぶ後の、出汁のばっちり出たつゆに素麺《そうめん》を投入、それをする。箸《はし》が止まらなくなるくらいのおいしさの上、いくらでも食べられるという恐怖のシメであった。関東より関西のほうが、鱧を一般的に食べるのかもしれない。

今年の梅雨入り前にも、「鱧　はじまりました」の貼り紙を見て、近所の店にいそいそと出向いた。

ところがこの日思い立って出向いたので、予約をしていない。このお店は人気店で、店は予約客でいっぱい、しかも鱧は予約客のぶんしか用意しておらず、落としを半人前だけならなんとか用意できる、とのこと。たしかに、品書きをよく見れば、鱧のコースはできるだけ予約してくださいと書いてある。

その店はほかの刺身だって一品料理だってなんだっておいしいのだが、しかし、鱧を食べにきて鱧がない。あとで考えたら阿呆《あほ》らしいことだけれど、そのときの私はショックで泣きそうになった。

そのとき、カウンター席にいた年配の男性客二人が、「落としでいいなら、おれたちの鱧を譲るよ」と、言うのである。自分たちは鱧天ぷらも鱧しゃぶもあるから、とのこと。私は遠慮などまるでせず「うわあすみません、ありがとうございます！」と図々《ずうずう》しくもその好意に即甘えた。私の住む町では、こういうやりとりがよくある。そういうところが好きなのだ。

そうして彼らのところにいくはずだった鱧の落としは私のテーブルに運ばれてきた。譲ってもらった鱧の、やさしくやわらかくゆたかなおいしさよ。私より早く帰る男性客二人に礼を言うと、「いーのいーの、よかったね鱧食えて」とにこやかに言って去っていった。

今度は予約して鱧しゃぶまでいきます、とお店の人に告げて帰ったのだが、まだいっていない。急がなきゃ、夏が終わってしまう。

生トマト焼きトマト煮トマト

ほかの野菜と同様、トマトも嫌いで、生のトマトはけっこうな大人になるまで食べなかった。トマトのソースで煮込んだものや、生のトマトを用いたスープやカレーは平気だったけれど、生のままのトマトは、たぶん一生食べないんだろうな、と漠然と思っていた。

大学生になったとき、私のその異常な偏食を知った四国出身の友人が、「気の毒に」と、真顔で言った。「あなたは本当においしい野菜を食べたことがないのねえ、ああかわいそう」と。その具体例として彼女が挙げたのが、「畑からもいできたばかりのトマト」だった。畑からもいできたばかりのトマトに、なんにもつけず、がぶりとかぶりつく、そのおいしさったらないんだから、と。若かった私は彼女のその同情に鼻白み、そんなふうにトマトを食べる習慣をもつ家で育たなくてよかったとひっそり思った。そもそもトマトをおいしいと思わないのだから、「畑からもいだばかりのトマト」のおいしさなど、想像できるはずもないのだった。搾《しぼ》りたての牛乳、とか、摘みたての苺《いちご》、とかならば、ゴクリ、と生唾《なまつば》をのみ込んだだろうけれど。生のトマトを食べられるようになるより先に、焼きトマトというものを知った。二十九歳のとき、五週間アイルランドにいた。早朝から開いているレストランや喫茶店のメニュウにはかならずアイリッシュブレックファスト、伝統的な朝定食がある。これがかなりの量。パン、ソーセージ、豚の血のソーセージ、ベーコン、目玉焼き、炒《いた》めマッシュルーム、焼きトマト。マッシュルームとトマトは当時好きではなかったのだが、この焼きトマトが意外においしくて、帰ってきてから自分でも焼いて食べるようになった。スライスして、フライパンで両面焼く。生よりぜんぜん食べやすいのに、どうしてこういう食べ方は一般的ではないんだろう？　と思いつつ。チーズをのせて焼いてもおいしい。

生のトマトをようやく食べられるようになったのは、食革命の起きた三十二歳のときだと思う。

このころには、トマトにずいぶんな種類が登場していた。桃太郎、フルーツトマト、ファーストトマト、グリーントマト、プチトマトより少し大きいミディトマト。私が毛嫌いしていたころは、トマトと言えばトマト、一種類だけだったのになあ。食べられるようになって、うーんと好きになったかといえばそんなことはなく、トマトだけ「なんにもつけず、がぷりとかぶりつく」ように食べたい、とは思ったことがなく、たいていほかの材料とまぜてサラダにするか、調理に使うことが多い。

食革命から十年以上たつ今、トマトの活用頻度は結構高く、冷蔵庫の野菜室にはかならずトマトが入っている。いちばんよく使うのは、スープ。野菜が足りないと強迫観念的に思ったときは、キャベツだのじゃが芋だのピーマンだの玉葱《たまねぎ》だの、冷蔵庫にある野菜ぜんぶをみじん切りにして、ニンニクと唐辛子を炒めて野菜を炒めてトマトを入れてぐつぐつ煮込んで、トマトが完全に煮崩れてかたちがなくなって、さらにしばらく待ってブイヨンスープを入れる。カレーにも使う。水を少なくしてトマトで補うと、さっぱりしつつこくのあるカレーになる。卵と炒めてもおいしいし、なすと挽《ひ》き肉のグラタンに輪切りトマト、チーズをのせればトマトソースを作る手間が省ける。

ちなみに、面倒くさがりな私はトマトの皮など剝《む》かずに使っている。たまに友人宅に招かれた食事で、トマト料理のトマトの皮が剝かれていると、その人のことを尊敬してしまう。トマトの皮は剝かずともいっさい問題ないが、でも、剝いてあるとやっぱり口当たりがずいぶん違うのだ。

友人宅でごちそうになったトマト料理で私がもっとも感動したのは、エビチリのチリソースを、フレッシュトマトで作ったもの。酔っぱらって作り方を訊《き》かなかったので、私はレシピを知らないのだが、ケチャップで作るものより、品があってあっさりしていて、いくらでも食べられそうな、忘れがたいおいしさだった。べつな意味で忘れがたいのが、砂糖トマト。

これは群馬の温泉旅館にいったとき、夕食に出た一品だ。冷やした丸ごと生トマトのわきに、砂糖が添えてある。このとき同席していたメンバーは高齢者が多かったので、だれもそれには手を付けなかった。生トマトいまいち、であるばかりか、アンチ甘いおかずの私はもちろん、きちんと見ることすらしなかった。四十代（でもその会では若い部類）の編集者が、おそるおそる食べ、「あ、意外においしい」と言い、それにつられ、六十代、七十代も次々と手を出し、「ほんとだ」「おいしい」「いける」と、口々に言う。私はいっさい無視して、ほかの料理を食べていた。

「カクちゃん、食べないの」だれかがまったくトマトに見向きもしない私に訊き、「おいしいよ」「食べてごらんよ」と、いっせいに言う。「でも、トマトなんですよね」と訊くと、「うん、トマト。でもおいしい」「でも、トマト味なんですよね」「そうだけど、砂糖と意外に合うんだよ」「甘いトマトになるってことですよね」「いいから食べてみなってば」という執拗《しつよう》なやりとりののち、私も、おそるおそる、砂糖トマトを食べてみた。

まいりました。おいしかったんです。

でもこの食べ方、何か妙な罪悪感があり、自分ちで再現しようとは思わないのだが。

それから昨年、衝撃的な生トマトとの出合いがあった。仕事場の近くの、ごくふつうの八百屋さんで売っているフルーツトマトを何気なく買ってみたところ、この、生トマトいまいち人間をもってして「ぎゃーうまいー」と叫ばせるほど、おいしいトマトだったのである。一かごに三個ずつ入れられて売られていて、産地しか書かれていないので、ほかのフルーツトマトと何が違うのかわからないのだけれど、もう、明らかに味が違う。私のようなトマト音痴でも、ここのトマトとほかの店のトマト、食べただけで違いがわかる。難儀なのは値が日によって変わること。三個六百円なら買うが（それでも高いけれど、それでもいいくらい、おいしい）、三個千円の日はどうしても手が出ない。

このトマトを生で、何もつけず、うまいうまいと食べながら、大学の同級生の台詞《せりふ》を思いだす。もしこのトマトに子どものころ出合っていたら、トマト好きになったかなあと考える。答えは否《いな》である。きっと、ほかのトマトが食べられない、そういう意味での「気の毒」な人になっていたであろう。

オクラの寛容

オクラは切ると断面が星のかたちになる。

好き嫌いの多かった私はずっと、見かけと違って切るととたんにネバネバしだすこの不思議な野菜は、その料理をかわいくしたいときに使う飾り野菜なんだろうなあ、と思っていた。

料理をかわいくしたいとき、というのはつまり、煮物、煮魚、味噌汁《みそしる》、テーブル真っ茶色、みたいなときに、茹《ゆ》でて切って鰹節《かつおぶし》ふりかけたオクラを一品足せば、緑だし、星だし、食卓がちょっとかわいくなる。それからカレーや味噌汁に、星形のオクラが入っていると、それもまた、かわいくなる。私が子どものころ、カレーのにんじんは花のかたちにくりぬいてあったのだが、あれとおんなじ。

花のかたちにすれば子どもは嫌いなものも食べる（私は食べなかったが）。星のかたちならば、それも食べる。かわいいから食べる（私は騙《だま》されなかったが）。

あるいは、好ましいと思っている異性が自分の手料理を食べにやってくるとき、花だの星だの入れれば、かわいく思ってもらえる。なんかていねいに調理している感じがする。

花のかたちに騙されなかった私は、オクラの飾りも、とくに必要とせず生きてきた。かわいくして食べさせるべき子どももいないし、異性に花や星に感心されるより、質実剛健（つまり量と味）を褒められたかった。私自身も、自分で食べるだけならば、見かけなどまったく気にしない。テーブル真っ茶色でぜんぜんかまわない人間なのである。

ほかの食材とまったくおんなじに、私にはオクラ開眼年というものもあって、それがいつだったか正確には覚えていないのだが、たぶん十年ほど前。友人宅で供されたカレーに入っていて、これはかわいい星切りではなく、斜め切りで、だから友人は見てくれの故《ゆえ》に入れたのではなく、彼女はオクラカレーとして作ったのである。ざくりと斜めにカットされたオクラが、こんなにカレーに合うとは思わなんだなあ、と私は感じ入りながらそれを食べた。

オクラに対して「飾り野菜」という思い込みがなくなった、そのしばらくあとに、居酒屋でだれかが頼んだつまみ「湯葉とオクラの昆布和《あ》え」で、私の目はオクラに対し全開した。

　一度、何かをおいしいと思うと、あとはその素材が好きになる。どう調理されていても、おいしいなあ、と思う。オクラ開眼年以来、旬《しゅん》の夏はもちろん、夏以外でもオクラはしょっちゅう買うようになった。

　オクラって、本当に手抜き料理に向いているのである。かんたんに調理できるうえ、彩《いろど》りもいい。しかも栄養成分が豊富、免疫力《めんえきりょく》を上げてくれるそうである。

　私の目を全開にした居酒屋料理、家でもかんたんにできる。湯葉と、茹でて刻んだオクラ、塩昆布を和えてめんつゆをちょこっとまわしかけるだけ。さっぱり食べたいときはポン酢でもよろし。

　長芋の千切りと茹でたオクラを和え、鰹節＋刻んだ梅肉＋出汁醤油《じょうゆ》で食べても、これまたうまい。

　茹でたオクラを細かく刻んでねばらせて、葱《ねぎ》、生姜《しょうが》とともに豆腐にのせると冷や奴《やっこ》が豪華に見える。

　オクラに味醂《みりん》と醤油少々でのばした明太子《めんたいこ》を和えても立派な小皿料理になり、納豆、オクラ、たくあん（柴漬《しばづ》け）、イカ（マグロ）、とろろ、など、ぜーんぶネバネバさせてごはんにぶっかけてざらざら食べるネバネバ五色丼も、いいですなあ。

味噌汁、お吸いものにも彩りが出て美しいし、おいしい。かと思うと、コンソメ味のスープにも、トマトスープにも合う。汁系には下ごしらえもいらない、切って、直前に入れるだけ。

連日暴飲で胃が疲れているときや、夏ばてで食欲のないとき、ともかくオクラの刻んだのを素麺《そうめん》にのせ、汁をまわしかけて食す。オクラは胃粘膜の保護をしてくれるらしいので、こういうときはがんがん食べるべきだと、私は信じているのである。

オクラを板ずりして産毛《うぶげ》をとる、というが、面倒くさがりの私は五回のうち三回は、その作業を省いている。それでも産毛が食べづらいなんてことはないのだから、ありがたいことである。

こう書き連ねてみると、オクラって、「ま、楽してくださいよ」と言っているようではないか。「時間をかけるのもいい。手が込んでいる料理も立派ですよ。でもね、手の込みよう、かかった時間がおいしさの決め手でもないし、愛情でもないんスよねー」と、脱力した笑いを浮かべて、忙しさに疲れている私たちの肩を、やさしく叩《たた》いてくれているような気が、しませんか。

オクラってなんとなく日本的な野菜のような気がしていたんだけれど、アフリカ原産で、日本に伝わったのは幕末のころであるという。たしかに、世界各国にオクラ料理はあるようだ。スーパーではタイ産のオクラも売っている。

私が一度食べてみたいのは、ガンボスープ。蟹《かに》や海老《えび》入りのシーフードガンボや鶏《とり》やソーセージ入りの肉系ガンボがあり、家庭料理だから「これが正解」というレシピはない。セロリや玉葱、トマト缶といっしょに魚介類や肉類を煮込む料理だが、ここにオクラがたっぷり入る。本格的なものからかんたんなもの、日本風にアレンジしたものまで、それこそさまざまなレシピが紹介されているから、すぐにでも作れそうなのだが、本場アメリカ南部で食べてから作ってみたいよなあと思っていて、なかなか作れない。「楽してくださいよ」のオクラ相手にしては、ずいぶんと壮大な夢ではある。

その日から秋

秋刀魚《さんま》ってえらい

三十歳を過ぎるまで、自分の意思で秋刀魚を食べようと思ったことがただの一度もなかった。そもそも偏食だった私は、肉が好きで魚が嫌い、とくに骨のある魚と青魚が苦手だった。多くの人にこっぴどく非難されるのを承知で書くけれど、子どもの時分、夕飯のおかずが秋刀魚だと私は手を付けなかった。隣の席の母親が、「あーもーしょうがないわねー」という感じで、ささっと身をほぐし、骨を取り除いてくれる。そうしてかろうじて、食べるのであった。まったく嫌な子どもですね。

二十歳でひとり暮らしをはじめたのだが、料理なんてまったくしなかった。ときどき友だちがきて、カレーやお好み焼きといったかんたんなものを作ってくれた。二十六歳で料理を覚えたが、作るのは豚カツやシチュウや、ミートローフなどで、青魚をみずから買ったことはただの一度もなかった。

その私が、あるとき秋刀魚に目覚めた。真の意味で秋刀魚と出合ってしまったのである。

この数年前から、親しくしている編集者・作家と私は「地域の会」を作り、何カ月かに一度、みんなで集まっては酒を飲んでいた。この会のひとりが、結婚するにあたって一軒家を購入したので、彼の結婚生活がはじまるより先に、「地域の会」で新居に遊びにいった。

このとき、会のべつのひとりが手みやげとして「秋刀魚の一夜干し」なるものを持ってきていた。三陸からの取り寄せ品らしかった。

私たちは図々《ずうずう》しくも彼の新居で麻雀《マージャン》をはじめていたのだが、深夜、この秋刀魚の一夜干しをグリルで焼いて、酒のつまみに食べた。ぎえ！　と思わず叫んだ。あまりにもおいしかったのである。ぎゅっとしまった身、充分にのった脂《あぶら》、ほのかな塩気、皮のぱりぱり。何これー、何これーと、私は阿呆《あほう》のように叫びながら、まるまる一本食べてしまった。しかも、頭まで。この一夜干しの頭、かりかりしてて本当においしかったのだ。

私は今まで、骨とか、頭とか、そういう舌に違和感が残るものを口に入れるのが、本当に嫌だった。避けて避けて生きてきた。が、この一夜干しは、骨だって頭だっておいしいから食べちゃうのである。これは本当に、あの、私が手を付けずに生きてきた、母親に身をほぐさせてちょろっと食べてすませていた、秋刀魚でござろうか。一夜干しだからこんなにおいしいのだろうか。ほとんどパニック状態のまま、私は一匹丸ごと平らげた。そのときの麻雀で勝ったのか負けたのかは覚えていないが、あの秋刀魚のおいしさは未《いま》だに覚えている。

これを手みやげに持ってきた彼に、取り寄せた店の連絡先を訊《き》き、翌日私は早速秋刀魚の一夜干しを取り寄せた。自宅に届いた秋刀魚の一夜干しも、あのときとおんなじくらいおいしかった。私は毎年毎年、秋になると秋刀魚の一夜干しを取り寄せ続けた。そして友だちが遊びにくるごとに、この秋刀魚の一夜干しをかりかりに焼いて食べさせた。

あるとき、数年続けて私の家で秋刀魚の一夜干しを食べていた友だちが、不思議そうに言った。「ねえ、なんで毎年一夜干しばっかり食べてるの？　ふつうの秋刀魚は食べないの？」

そういえば、一夜干しになっていない秋刀魚というものもあるんじゃん、と、このとき私はあらためて思い出した。ずっと苦手だった青魚、もう食べられるようになっているかも。

そしてついに、ああ、人生で生まれてはじめて、私は魚屋に赴き秋刀魚を買うのである。焼いて食べて、「げっ、うまいでやんの」とびっくりした。一夜干しもうまいが、旬《しゅん》の秋刀魚だってちゃんとうまい。くちばしがどうの、目の色がどうのと、いい秋刀魚を選ぶ方法がよく取り沙汰《ざた》されるが、どんな秋刀魚でも、焼く二十分前に塩をふって身をひきしめてやれば、ちゃーんとおいしくなると私は思っている。

以来、魚屋に秋刀魚が並ぶ初秋、私はみずからの意思で秋刀魚を買い求めるようになった。最初は内臓を引きずり出して食べていたが、だんだん、内臓のあのほろ苦さをおいしいと思えるようになった。今ではそのまま焼いている。内臓のなかに、三角形の焦《こ》げ茶色の部分があるのだが、これがめっぽう好きになった。これを食べるたび、うーん私、大人になったなあ、と思う。

ところで秋刀魚には、鱗《うろこ》がない。魚屋さんで鱗とおなかをとって……とお願いする必要もなく、ただ買ってきて、焼けばいい。秋刀魚の鱗は剝《は》がれやすいため、網にかかったときにさーっと剝がれてしまうのだそうだ。つまり、秋刀魚は、捕獲されたとき、私たちに食べやすいようにみずから下準備してくれているというわけ。なんとえらい魚なのだろう。ときどき、剝がれた鱗が内臓に入っていて、これが口に入ったときはさすがに「う」となるのだが。

今年で秋刀魚歴十年ほど。まだまだ短いです。せっせと食べねば。

栗《くり》ガーリー

白いごはんより炊《た》き込みごはんが断然好き。五目ごはん、たけのこごはん、お赤飯も好き、中華おこわもだーい好き。が、唯一《ゆいいつ》食べたくない炊き込みごはんがある。それは栗ごはん。ごめんなさい栗。

私は高校生になるまで栗ごはんを食べたことがなかった。家ではなぜか出なかったし、外で食べる機会もなかった。栗、といえば父親がおみやげに買ってくる天津《てんしん》甘栗か、正月に母の作る栗きんとんだった。

高校一年生のときの文化祭で、保護者有志の出店が並んでいて、お赤飯だの鶏《とり》めしだの、その場でふかして売っていた。私は友人とそれを買いにいき、な、に、に、し、よ、う、か、な、と各ごはんをのぞき込み、栗ごはんに焦点を合わせた。

食べたことがないが、いかにも私の好きそうな食べものだ、と思ったのである。当時の私はさつま芋も南瓜《かぼちゃ》も煮豆も好きだった。甘いものがおかずとしてあることに、今ほどの抵抗はなかったのである。天津甘栗も栗きんとんも大好きなのだから、この栗ごはんとやらも、きっと私は好きに違いない。そう思って、買った。友人と中庭のベンチで湯気をたてるそれを食べた。

うげ。

それが感想。でも、買ったのだから、食べよう。と思って、また一口。

なんで栗なんて入れるわけ？　ごはんに。

それがさらなる感想。

私は笑顔で友だちと話したまま、栗をよけ、ごはんだけ食べた。栗ののっていた部分にも栗の味が移っているから、そこも残した。

ごめんなさい栗。

それから大人になって、今に至るまでに、たぶん二度ほど再チャレンジした。最初は「あのとき食べたのは保護者作の栗ごはんだったから、いまいちだったのだ。その保護者はきっと栗ごはんが得意料理ではなかったのだ」と思い、日本料理店で再チャレンジし、二度目は「あの店はたまたま栗ごはんだけ、得意ではないのだ。べつのごはんものが目玉料理なのだ」と思い、果敢に挑んだのである。なんとか栗に歩み寄りたかったのである。

でも失敗だった。栗は毅然《きぜん》として私を受け入れなかった。栗ごはんの栗はもかもかして、そのもかもかが口のなかの水分を奪い取る。ただ甘いのではなくてかすかな塩気ともっとかすかな苦みがあって、でももかもか嚙《か》んでいるとじんわり甘くなって、それ単体で食べるならまだいいが、ごはんとともに食すと、もかもかを口内で消化しきれないうちにごはんはなくなってしまい、ぜんぶ飲み込むと口がばさばさ（すみません、少し大げさに書いています）。

みなさんの名誉のためにいえば、栗ごはんをふかしていた保護者も、一軒目の和食屋も二軒目の和食屋も、みな栗ごはんが下手だったわけではない。私の口に合わないもの、それが栗ごはんなのだ。

栗に目がない人というのがごくたまにいて、こういう人の栗好きにはまったく驚かされる。え⁉栗？　栗が好きなの？　と、肩を揺すって確認したくなる。

でも、栗が好きってなんだか女の子らしい、とも思う。ガーリー度としては、苺《いちご》が好き、に匹敵するのではないか。栗の絵もかわいい。茶色なのにかわいい。自分で描いたってかわいい。

そうだ、私は栗ごはんが好きではないだけで、天津甘栗も栗きんとんも……うーん、前ほどには好きじゃないなあ。

あ、でも、ほら、そうそう、あれ、あれがある。モンブラン。そう、モンブラン、大好きだ！

やっと栗との親交回路が見つかった。そう、私は多々あるケーキ類のなかでモンブランがかなり上位に好きである。

ケーキ類も含む甘いもの全般に興味がなく、ほとんど食べないのだが、ある一時期、猛然と食べたくなることがある。食べたくなるものは決まっていて、和ならおはぎ、洋ならモンブラン。そしてこの一時期というのは、夏から秋への変わり目だ。急に涼しくなったから「モンブラン食べたい」と思うのでなく、「モンブラン食べたい」と思ったら、私にはもう夏は終わり、その日から秋、ということになっている。

モンブランは、ショートケーキやチーズケーキと比べ、いやチョコレートケーキと比べてすら、著しくアタリハズレがあるので、はじめて入ったケーキ屋さんではめったに買わない。私がもっとも好きなのは、仕事場の近くにあるザ・地元のケーキ屋さんのモンブランで、これはサイズがちいさく、べたべたと甘くなく、うっとりするほどおいしい。栗、好きだ栗、と、このときばかりは思う。そしてモンブランを食べてしあわせを感じる自分の内に、いかにかすかだろうとガーリー度が存在することを確認し、ほっとするのである。

松茸《まつたけ》格差

なぜこんなものをみんなありがたがって高い金出して食べるのか、と、はじめて松茸を食べたとき、思った。二十代の終わりである。三十歳直前に、一時期私は深刻な経済難に陥《おちい》ったことがあって、三、四カ月、原稿を書くかたわらアルバイトに通っていたのだが、そこの社長が連れていってくれたしゃぶしゃぶ店でのことである。

社長は、いつもともにごはんにいくたびそうだったのだが、さっとメニュウを見て人の意向も訊《き》かず、いちばん高いものを二人ぶん注文してしまう。このときも「松茸しゃぶしゃぶコース」を私のぶんまで注文してくれた。通常のしゃぶしゃぶコースに松茸が付いていて、肉より先に松茸をしゃぶしゃぶするコース内容であった。よく知らない人だし、おごってもらうのだし、「きのこ類全般を食べられないからふつうのしゃぶしゃぶにしてください」と、言えなかった。言えなくて、松茸をしゃぶしゃぶして食べ、「なぜこんなものを……」と、思ったのである。

もともときのこが（このときは）好きではなかった。それに、松茸は鉛筆の削りかすのにおいがする。私は社長と向かい合わせに座り、「早く肉に、肉になってくれ」と思いながら、無理に松茸を食べ続けた。

食革命が起き私が好き嫌いをなくすのは、その約一年後。

好き嫌いが減り、さらに年齢を重ね、するってえと、不思議なことに高級珍味欲が出てくる。食べたことがなくて高級なものを、食べてみたくなるのである。食べたことがなくて安価なものは、さほど食べたくはならないのに、これは不思議なことである。前者は、からすみとか燕《つばめ》の巣とか。後者は、雀《すずめ》とかイナゴとか。

そんなわけで、松茸。一年前には「ウエエ」とちいさく思いながら松茸をしゃぶしゃぶしていた私だが、じつはみんながおいしいおいしいと言い合っているのに、まじりたかったのである。秋になると「松茸の季節だね」「松茸食べなきゃね」と、いっしょになって言いたかったのである。

食革命のとき私が悟ったのは、好きではない食べものは、食べ続けていれば好きになる。ならずとも食べられるようにはなる、ということだ。水泳や料理や英単語丸暗記といっしょで、地道にくりかえすことがだいじなのだ。

反復用に、安い松茸を買ってきて、松茸ごはんを作りまくった。外食した際も、以前は人に譲っていた土瓶蒸しだの網焼きだのを、食べてみることにした。松茸が売り場から消えるまでには、つまり一秋で、私は松茸に開眼した。反復したおかげで、そのおいしさがよーくわかった。

今、ようやく私はみんなといっしょになって「秋といえば松茸」「もう食べた? 松茸」「ああ、松茸食べたい」と、言い合えるようになった。

しかしながら、松茸って本当に必要だろうか、という気がしないでもない。うにはなくちゃ困る。シンコもなくちゃ困る。それらが鮨屋から消えると、ああ夏も終わりよのう、としみじみ思う。桃もなくちゃ困るし、ふぐもなくちゃ困る。青魚をさほど食べない私だって、秋刀魚はなくちゃ困ると思っている。山菜だって、なくちゃやっぱり困っちゃう。ほやや、このわたといった珍味ですらも、実際に好んで食べないながら、あってほしいと思うときがある。

でも、松茸。松茸は本当に必要か?

本当は、なくてもいいのではないか。みんな、秋になると松茸、松茸と騒ぐが、いっぺんも食べないまま冬になっても、だれも気づかないのではないか。

そう思わせる理由は、松茸の値段にある。松茸の値段はへん。九百八十円のものもあるし、五万円のものもある。国外産は安くて国内産は高いということはわかる。国内産のほうが香りがゆたかというのもわかる。でも、じゃあ、「やっぱりおいしい松茸食べたい」と、人は五万円を出すだろうか。否《いな》。みんなふだんのごはんのためには、せいぜい奮発して五千円クラスのはずである（すみません、私がそうなんです）。大切なお客さんがくるとか、イベントするとか、臨時収入があったとか、そういう場合でも、せいぜい一万円台ではないか。

でも、松茸を買うとき、つい値段を見る。目当ての値段だけ見ればよいものを、陳列されたなかでいっちばん高いものを見る。「ほう、五万」とか思ったりする。千円と五万と、どのくらい違うのかノ、と想像したりする。そして自分の想像力が、五万円の松茸に及ばないことを思い知らされる。手にした三千円とか五千円とかの松茸を、食材としては充分高いのに、何かケチっているような気持ちになりながら見つめ、とぼとぼとレジに向かう。

こういうときに私は思うのだ。松茸、必要か？　と。国外の松茸が安く輸入されるのは、その国の人々にとってそんなものはちっともありがたくないからだ。きっとみんな、「こんな鉛筆の削りかすのにおいがするもの、いらんわ」と思っているのだ。私たちだって感覚をちょっと変えれば、「こんな鉛筆の削りかすのにおいがするものを、なぜ今までありがたがっていたのか」と思うかもしれない。果たしてそんな日はくるのであろうか。

と言いつつ、今年の松茸ごはんはいつにしようかなー、どのくらい奮発しようかなーと、わくわくと考えている秋のはじめ。

里芋ミステリー

　里芋は、長らく私の人生に登場しなかった。果たして食べていたのかいなかったのか、覚えていないというより、知らない。異様に好き嫌いの多かった私だが、里芋を嫌いに分類していたのかいなかったのかすら、覚えていない。いや、知らない。はじめて「あ、里芋だ」と認識したのは三十代の後半。飲み屋で出たきぬかつぎを食べ、そのもっちりした食感と味にちょっと感動したのだ。でもそのとき、「きぬかつぎ」というのがその食べものの名前だと思い、「形状は里芋に似ているが、違うものなんだな」と思ったくらいだから、いったいどこまで私に無視されるのか、里芋。

はじめて里芋料理をしたのも、ほんの数年前。テレビの料理番組で、和風カレーの作り方をやっていて、おいしそうだから真似《まね》して作った。この和風カレーの具材が、豚バラ、玉葱《たまねぎ》、大根、ごぼう、にんじん、里芋、だった。スーパーマーケットで、買いものかごを手に、「里芋、里芋」とつぶやきつつ、ビニール袋に入った里芋をしげしげと眺め、私はそれを棚に戻して冷凍食品のコーナーにいった。こんな土がいっぱい付いた、皮の硬そうなものと格闘したくない、と思ったのである。冷凍食品のコーナーには里芋もちゃんとある。冷凍里芋は、あの土だらけのごつごつした皮がちゃんと剝《む》かれ、しかもかたちまできれいなまん丸にまとめられている。至極便利。

和風カレーの里芋は思いの外《ほか》おいしくて、突如として私の人生にかかわってきたこの里芋を、以来頻繁に使うようになった。けんちん汁や煮物や。

あるとき、おそるおそる皮付き里芋を買って調理した。そして著しく後悔した。何を後悔したかって、冷凍里芋なんて姑息《こそく》なものを使っていたことを、である。

考えてみれば当たり前の話だが、皮付き里芋と冷凍里芋は、もうぜんぜん違う。風味も食感もねっとり感も。その違いは、たらばの脚と蟹《かに》かまくらい、なのだ。

皮付き里芋はいろいろと面倒くさい。洗って土を落とし、へんなひげがぼうぼう生えた皮を剝き、塩で揉《も》んで、茹《ゆ》でこぼして、そこまでしてやってようやく調理。これが秋刀魚《さんま》だったらもう焼けてますよ。

でも。でもそれでも。皮付き里芋の風味と食感とねっとり感を、私は選ぶ。

里芋って、和食にしか合わないと思っていたのだが、意外に洋食にも合う。鶏《とり》や豚ともにシチュウにすると、あの面倒な下処理の必要もない。里芋のねばりがシチュウのとろみになるので、バターも小麦粉も少なくてすむ。

もっともかんたんなのは、里芋をブイヨン・牛乳・生クリームで煮て、とろとろになったものにチーズをかけて焼くグラタン。具が里芋だけなのに、充分おいしい。

先だっていった居酒屋で、「里芋の唐揚げ」という料理があり、注文した。美しい六角形の揚げ里芋が運ばれてきて、ただ素揚げしてあるんだろうと思って口に入れ、「ぐわあ」とちいさく叫び声が出た。いっしょにいた友人も、一口食べて「うはあ」と声をあげる。異様なおいしさだったのである。表面はぱりっとしているのに、なかがふわとろーんとして、しかも、出汁の味がしっかりきいている。

「何これ何これ何これ」「何これ何これ」「ねー、何これ何」「ほんと、何これ何なの」と、阿呆《あほう》のように友人と顔を見合わせて言い合い、帰り際《ぎわ》、見送りに出てくれたお店の人に作り方を訊《き》いてみた。出汁でじっくり煮てから揚げるのだという。それだけ聞けばかんたんそうだが、実際作るとなるとさぞや面倒だろうことが予想される。よし作ろうと、そのときは思ったが、結局まだ作っていない。

皮付き里芋を購入するようになってしばらくのあいだ、里芋の形状について考えていた。こんなにごつごつしていなかったり、へんなひげみたいのをこんなにぼうぼう生やしていなかったり、下処理が不必要であれば、里芋ってもっと重宝されたのではないかなあ。なんたって、芋のなかではもっとも低カロリー。しかも栄養価が高い。コロッケだって里芋のほうが丸めるときにまとまりやすい。どうしてもっとなめらかな、剝きやすい形状で生まれてこなかったのか……。

しかし里芋を使用する頻度が高くなると、皮を剝くのにも慣れ、ごつごつひげぼうぼうもさほど気にならなくなる。さらに面倒くさがりの私は、塩揉み・茹でこぼしなども省略。それでも案外だいじょうぶなものである。

三十数年間、なぜ私は里芋を認識しなかったのだろう、という謎《なぞ》だけが残る。

きのこ回想

椎茸《しいたけ》、マッシュルーム、舞茸、しめじ、エノキ、松茸。総括してきのこたち。

きのこたちをはじめて口にしたのは三十一歳のときだ。それまで私は頑《かたく》なにきのこたちを口にしなかった。まず、色が嫌。黒とか茶色とか、へんに白とか、嫌。かたちも嫌。椎茸やマッシュルームの裏の、あの謎《なぞ》のしわしわとか。しめじの笠《かさ》の格好とか。そんなわがままを言っていっさい食べなかったのである。今思えばすさまじい徹底ぶりだった。外食の際のピラフやオムライスからは、どんなにちいさなマッシュルームでも抜き出していたし、炊《た》き込みごはんからもひょろ長い椎茸片を取り出していた。

大学に上がったとき、そういう食べ方を多くの友だちや先輩に非難されて驚いた。「あなたの料理から抜いているわけじゃないから、いいじゃん」と反論したが、「見苦しい」「みっともない」「気分が悪くなる」とさんざんであった。不思議なことに、怒るのは決まって男だった。

でも食べなかった。叱《しか》られて食べる、とか、注意されて食べる、とか、そういう経験がないまま私は成長したのである。

はじめて食べたきのこのことは忘れない。それこそ、はじめてお付き合いに至った男子のように忘れない。

私がはじめて食べたきのこ、それは舞茸である。私は三十一歳で、季節は冬、場所は秋田の田沢湖のほとり（ああ、本当に恋を回想しているようだ）。その秋田行きは休暇ではなく取材だった。一日雪のなかで取材をし、夜、きりたんぽ鍋《なべ》を食べさせる飲み屋にいった。舞茸はその鍋に入っていた。

このときの私は食改革の真っ最中だった。三十にして好き嫌いをなくすべく奮闘したことは、たしか以前にも書いた。この時点でもだいぶ減っていた。だから、果敢にも、以前からずっと避けていた黒々とした色、びろびろとしたかたちにもかかわらず、舞茸を食べたのである。

やだ、おいしいじゃん、と内々で思った。声に出して言わなかったのは、さすがに三十一年間もきのこを避けて生きてきたと告白するのもはばかられ、「いやーおいしーい」などと軽薄に言っては舞茸にも失礼であろうと思ったのである。

それからは次々と手を出した。しめじもエリンギもマッシュルームも椎茸も。やだ、おいしいじゃん、と次々思った。とくに椎茸。椎茸は、今まですまなかったと心の底から反省するくらい、おいしいじゃないか。

三十歳の食革命以後、食べられるようになったものに私は勝手にランクづけをしていて、①食べなかったことを著しく後悔するほど、好物になったもの、②さほど後悔はしないが、でも食べられてよかったなーと思うもの、③ふつうに食べられるが、とくべつ何も感じないもの、④ふつうに食べられるが、好んでは食べないもの、⑤幾度か挑戦したが、やっぱり苦手なもの、と五段階あるのだが、椎茸はぶっちぎりで①の分類に入る。

網で焼いて醤油《しょうゆ》を垂らしたっておいしいし、バターで炒《いた》めてもおいしい、煮物のなかに入っていてもおいしく、天ぷらにしてもすばらしいことになる。和でも洋でも中でも、個性を失わないまますちゃんと合う。カレーに入れたっておいしいのだ。

だいたい、椎茸でもしめじでも、松茸以外のきのこは、主役になることが滅多にない。椎茸ソテーやホイル焼き、などはあるけれど、でも、それがメイン料理にはならない。肉や魚などの主役があって、その主役を彩《いろど》るか、またはサブ献立としてテーブルを彩るか、の脇《わき》役ばかり。なのにきのこたちはちっともやさぐれない。ちょっと「うふ」と思ってしまうのは、たまに一族総動員のように集まって、「きのこたっぷりマリネ」とか「きのこ鍋」とかいう立派な料理になったりするところ。

ところで、先だって、野菜のエキスパートに野菜について習う、という仕事があった。そこで「菌床」椎茸と「原木」椎茸というものがあると教わった。その後スーパーにいって、椎茸のパッケージをよくよく眺めてみたら、本当に、ラベルのなかにちいさく「菌床」と書かれているではないか。その野菜エキスパートのもとでその二種を食べ比べさせてもらったのだが、原木のほうが格段に（びっくりするくらい）おいしかったので、「原木」を探したのだが、見つからなかった。

椎茸が二個ひとパックで九百八十円、というとんでもない値段のものがあったのだが、この馬鹿《ばか》高い椎茸も菌床と書かれていた。原木と書いてあるものを見つけたら、みなさん、どうか買って食べてみてください。こくがぜんぜん違うから！

ところで私はかようにきのこ好き女になったわけだが、たったひとつ、食べないきのこがある。素材ではなく加工品なのだが、それはなめたけ。瓶に入った、あのなめたけ。

理由があるんです。

この瓶入りなめたけ、父の好物だった。父のほかにはだれも見向きもしない。きのこを食べなかった私はもちろん、ふつうにきのこ好きだった母も、なんとなく瓶からにじみ出るあの「ねっちょり感」をキモイ、と思っていたのだろう。父は典型的な酒飲みの食事スタイルで、突き出しで晩酌をはじめ、延々おかずをつまみに飲み続ける。そして最後にごはん。ここで、漬け物類とともになめたけは登場するのである。

私の生まれ育った家では、母が極度の潔癖性だったため、直箸《じかばし》が禁止だった。どんな皿にも取り箸や取り分けスプーンがついていた。しかしこのなめたけだけは別。解放区。父しか食べないからである。スプーンや取り箸でなめたけをすくうのが面倒な父は、いつも自分の箸をなめたけの瓶に突っ込んでいた。

そうするとどうなるかというとですね、ごくまれに、瓶の内側に残るのだ、米粒が。ごはんタイムにはもういい加減酔っているのだろうし、細けえことは気にすんな的気分なのだろう。私はそれをずっと見てきて、とくに思春期にさしかかると、「うへえー、なんか嫌だ、米粒入り瓶詰めなめたけ」と鳥肌たつ思いになった。いや、思春期ということを差し引いても、今見てもきっとすがすがしい気持ちにはならないと思うな、なめたけ瓶の米粒は。なんというか、ものがなしく、滑稽《こっけい》で、恥ずかしく、「人生ってむなしい」というような気持ちになると思うな。

でも今食べたら、意外においしいと思うのかもしれない。何しろ私の酒好きは父からの遺伝だし（母は飲めなかった）、なめたけ好きももしかしたら遺伝しているかもしれん。

和洋鮭《さけ》

　魚よりだんぜん肉派の私が、幼いころから慣れ親しんだ魚が二種あり、それは鮭と鰺《あじ》の干物である。切り身の鮭と鰺の干物は、関東圏家庭の朝食には必ず登場する馴染《なじ》みの魚だと思うのだが、そんなことはないのかしらん。鮭と鰺の干物、どちらも、納豆のごとく私はふつうに食べて育ったが、骨がないぶん、鮭のほうが好きだった。

　鮭といえば（朝の）焼鮭と思い込んで育った。焼鮭といえば塩鮭である。私のような無知かつ興味の幅が狭い人間は、いったん思い込むとずーっとそれを真実と思い込んで大人の階段を上り青春期を過ごし、中年期へとさしかかっていく。大人の階段を上がっている最中も、青春真っ盛りのときも、私にとって鮭は塩鮭だった。つまり朝食べるもの。

　肉ばかり食べ過ぎて高脂血症になり、夕食に魚を多く食べるようになったのが、三十代後半。そうしてこのとき私はようやく、生鮭なるものが存在すると、知った。

テレビの料理番組で、鮭の照り焼きを作っていた。かんたんそうなので、その日、仕事帰りに鮭を買って帰り、真似《まね》して作ってみた。そしたらまあ、しょっぱいこと。ハテ、と思い、翌日もう一度魚屋の店頭にいき、並ぶ魚をじーっと眺め、そうしてようやく、塩鮭と生鮭があることに気づいたのである。生鮭を買って、もう一度チャレンジする。おお、ちゃんとおいしい鮭の照り焼きができたではないか。

しかし混乱するのは、塩味のついた鮭でも、生鮭でも、どちらでも調理可の料理が意外に多い。たとえば鮭のムニエル、南蛮など、甘塩の鮭で作ってもおいしい。鮭のシチュウもフライも然《しか》り。

もっと混乱するのは、鮭には、紅鮭だの時鮭だの銀鮭だの、アトランティックサーモン、キングサーモン、トラウトサーモン、いろいろあり過ぎる。どの鮭はどの調理法がおいしいとか、味がおいしいのはどれとか、いろいろあるのだろうけれど、私はもう面倒で、そのとき魚屋の店頭にある手頃な値段のものを買って調理することにしている。手頃な値段を選ぶのは、ケチでそうしているのではなく、それが旬《しゅん》の指標だと思っているからだ。

鮭は塩鮭、朝ごはんのおかず！　と、真実がそれだけだったときは、シンプルでよかったなあ。

ところで、私が子どものころ食べていた鮭は、やたら辛かった。それだけでごはんがたんと食べられるような、鮭だった。端っこのところがとくに辛くて、おいしかった。が、最近の塩鮭は甘塩が主流で、う、辛、と思うようなものにはなかなか出合えない。……と思っていたら、魚屋の隅っこに、ちゃんと、いた。「激辛」と書かれた鮭が。

まったく不思議なことに、この激辛鮭がいちばん高い。ふつうは二百円程度の切り身が、五百円する。うわー、高いナー、と思いながらも、郷愁に押されて買ってみた。その日の夜、その鮭を焼いて食してみたところ、卒倒するかと思うくらい、塩辛い。ひとかけらでごはん一膳《ぜん》、味を反芻《はんすう》してごはんもう一膳、くらいの塩辛さ。昔食べていた鮭は塩辛かったが、ここまでではなかったな……。

私が今まで食べたなかで、もっともおいしかった鮭は、シアトルで食べたキングサーモンである。まったく何も知らなかったのだが、シアトルというところは海産物がおいしいことで有名らしい。たしかに、滞在中、どこでもクラムチャウダーを食べたが、はずれということがなかった。これ一生食べていたいと思うほど、おいしかった。

このシアトル行きは仕事だったのだが、同行してくれたアメリカ人編集者が海産物好きで、魚、魚、魚、とずーっと言っている。滞在中あれこれ面倒を見てくれた在シアトル日本人が、最後の夜、中心街から車で一時間ばかし走ったところにあるレストランに連れていってくれた。魚に飢えた編集者のために、魚料理に定評のある店を選んでくれたのだという。

さてここで件《くだん》の編集者、メニュウをじーっと見つめたまま、苦しげな顔をしている。

「蟹《かに》の脚か、キングサーモンか、白身魚……」と、つぶやいている。苦しいほどに決められないのだ。注文をとりにきた老ウエイターに、彼は恋愛に悩む若者のような顔つきで、「蟹の脚も食べたいし、キングサーモンにも惹《ひ》かれる、いっそサンプラー（ちょこっとずつメイン料理がのったセット皿）にしようか……」と、相談をはじめているではないか。私が驚いたのは、老ウエイターは真顔で頷《うなず》きながら彼の話を聞き、「しっかり食べたいならサンプラーはやめたほうがいい。きみはアメリカのどこ出身だい？　シアトルへはよくくるの？　そうか、日本に住んでいる……ならお薦めはキングサーモンだね。蟹はどこでも食べられる。でもこのキングサーモンはこのあたりでないとちょっと食べられないんだ」と、すらすらとアドバイスをはじめるではないか。すごいな、アメリカのこういう文化って。

私もそれを聞き、キングサーモンを頼んだ。グリルされたこのサーモン、ジューシーで脂《あぶら》がのっていて、ほわんと甘くてとろけるほどにやわらかくて、塩加減が絶妙で、ああ、本当においしかった。日本で言う魚のおいしさと、アメリカで言うそれとは、まったく異なるものなんだなあとこのとき思った。

あのキングサーモンをもう一度食べたくて、「よしグリルだ」と魚屋にいくも、結局、あんなにうまく調理できる自信がなくて、醤油《しょうゆ》と酒、味醂《みりん》に浸《つ》けて、今日も照り焼きにしてしまうのである。ま、やっぱり日本の鮭は照り焼きだわな。

いくら愛

秋になると魚屋の店頭に不思議なものが並ぶ。私はずいぶん長いこと、これっていったいなんだろう、とその不思議なものをじーっと眺めていた。

生いくら、と書いてある。たしかに私の知っている、あのつややかで美しいいくらとは違う。すじこと似ているが、すじこほど身がしまっていない。魚の腹から今さっき取り出したばかり、というような状態のいくら。

はて、これはいったい何に使うのだろう……。生のいくらを煮たり焼いたり、何かほかの素材と組み合わせて炒《いた》めたり、するのだろうか。

長らくそんな疑問を抱き、魚屋の店頭で生いくらをじーっと見つめていた。

生いくらから、いくらの醤油《しょうゆ》漬けを作るのだと知ったのは、ほんの三年前。私のよく知っている、あのつややかで美しいいくらを、自分で作ることができる！

いくらといえば私の大好物である。でも、売っているものは、ちょこっとした容器に入ったちょびっとのいくらで、しかも高い。しょっちゅう買う日常食とはとても思えない。でも、生いくらから自家製いくらを作れば、値段も安いし好きなだけ食べられる。うほー、と思った私はさっそく作り方を人に訊《き》き、生いくらを買って、いくらの醬油漬け作りに挑戦した。

まずボウルにぬるま湯を用意して、そのなかで生いくらをほぐす。透明の袋に包まれている生いくらをほぐしていると、幼少期、蛙《かえる》の卵で遊んだころを思い出す。触感がじつによく似ているのである。かなり乱暴にほぐしても、いくらの粒はつぶれない。生いくらをほぐしたら、醬油タレを作る。出汁、味醂《みりん》、酒、醬油を火にかける。それが冷めたらほぐしたいくらを漬けるだけ。一晩たてば、魚の腹から取り出したばかりの生いくらが、あの、つややかに美しいいくらになっているのである。

自分で作れば味の濃さも調節できるし、醬油タレにわさびをといて、わさび風味のいくらもできる。何より、できあがる量の多さがうれしい。

ふだん、肉、肉とばかり言っている私であるが、じつはいくらやたらこといった魚卵は、ものごころついたころからの好物なのである。

幼いころ、私は好き嫌いが多かったばかりでなく、食べ方がまるで酒飲みのおっさんであった。おかずとごはんをいっしょに食べない。酒も飲まないのに、まず好きなおかずだけ散らかすように食べ、そのあとごはんでシメるのである。しかし白いごはんだけでは食べられない。そこでふりかけやたらこといった「ごはんの友」の登場となる。

私の母は、おそらく成長期と戦中戦後が重なっていたせいで、食べものにたいへんな執着があった。戦中戦後の食糧難を経験した大人には、食べものを粗末にするな、ぜったい残すなと言う人が多いが、母はそうではなく、「好きなものしか食べないでよろしい」という考え方になったようだ。だから私が何を残そうが、酒飲みのおっさんのような食べ方をしようが、まったく文句も言わなかったし説教もしなかった。そればかりか、おかずだけ最初に食べて、最後に白いごはんを食べる私のために、ごはんの友を常備してくれていた。

しかしさすがに、いくらは常備されていなかった。せいぜいがすじこである。いくらは、鮨屋《すしや》のにぎりに入っているとくべつなものだった。私はにぎりを食べる際、いつもいくらをいじましくとっておいて、最後に食べた。あのぷちぷち。さりげないねっとり感と、高貴なしょっぱさ。

大人になって、ひとり暮らしをはじめても、いくらは私にとってとくべつなものであり続けた。新米を人にもらったりすると「よっしゃ」といくらを買ってきていくら丼《どんぶり》にするが、やっぱりしょっちゅう買うようなものではない。ずいぶんと安いいくらもあるが、安いいくらはなんだか偽《にせ》ものの味がする。ねっとり感と粒と中身の密着性が、なんだか偽ものっぽいのである。

外食の際も、「いくら丼」という文字を見ると、胸の奥が奇妙に興奮し、注文せずにはいられない。私は心底いくらを愛しているのだろう。

そのいくらを、自分で作れるなんてなんとすばらしいことか。長きにわたって魚屋に並ぶ生いくらをじーっと見てきたことが悔やまれる。もっと早くに買って、作ればよかった。

秋、私は何度も何度もいくらの醤油漬けを作る。冷蔵庫に、輝くルビー色のいくらが入っているこのしあわせ。食べ過ぎると、ちょっと胸焼けするけどね。

冬を食べねば

さつま芋に謝罪

三十歳以降食べられるようになったものが、私には異様に多いのだが、その逆もある。若き日は大好きで大好きでよく食べたのに、ぱたりと食べなくなってしまったもの。

それはさつま芋。

子どものころから二十代の半ばまで、私はさつま芋を愛していた。お弁当に、さつま芋の煮物がちょこっと入っていると、「くふ」と笑みがこぼれるくらいうれしかった。

父方の親戚《しんせき》の家で、大勢の人が集まるときには必ず天ぷらが出たのだが、この家のおばさんは、さつま芋の天ぷらを作るのが異様にうまかった。この家で天ぷらが出ると、私は海老《えび》にも茄子《なす》にも見向きもせず、さつま芋ばかり立て続けに食べた。「まー、あんたよほどさつま芋が好きなのネー」と、親戚じゅうに言われるほどであった。

この天ぷらがあまりにもおいしいので、母にもせがんでよく作ってもらったが、ほかのものはともあれ、さつま芋の天ぷらだけは、このおばさんにかなわなかった。

スイートポテトも好きだった。学校帰りにケーキ屋に寄ってスイートポテトを買っては、夕食前のおやつとして食べていた。デパートではじめて松蔵ポテトを見たときは、「わきゃーっ」と興奮して買った。しかしながら、スイートポテトは値段が高い。芋にしては、おやつにしては、高校生にしては、高いのである。もっと思うままスイートポテトを食らいたい、と思った私は、またしても母にせがんで、スイートポテトレシピを学習してもらった。

そして、アレである。私がもっとも胸を弾ませたのは。アレ。そう、冬の日の「いーしやーきいもー、やきいもっ」である。

天ぷらも煮物も、スイートポテトも、そこそこうまいものを家で作ることができる（母親に作らせることができる）。しかし石焼き芋だけは、家では再現不可。そのくらい、焼き芋屋の石焼き芋はおいしい。

中学、高校生のころ、なんとなく夜だらだら起きていると、どこからか「いーしやーきいもー」が聞こえてくる。私は自室を出、階段を走り下り、「おかあさん、石焼き芋がきたっ」と興奮して伝える。どうする？　買う？　と言い合っているうちに、

「いーしゃーきいも、やきいもっ」は近づいてくる。「ああ、急がないと通り過ぎちゃう！」母はいきなり焼き芋心に火をつけて、財布を持っておもてに駆け出していく。そんなことがよくあった。

夜の石焼き芋。禁断の味である。中学二年のころから猛然と太りはじめた私は、高校生のころ体重がピークで、なんとかせねばならん、と日々思ってはいた。夜九時以降食べない、間食はもってのほか、という常識もすでにわきまえている。「こんな時間に食べちゃだめだ、食べちゃだめ」と思いつつ、新聞紙にくるまれた石焼き芋を割る。ほっくりと湯気が上がり、黄金色としかいいようのない金色があらわれる。「でも食べずにはおれん！」とかぶりつく。ああ、この禁断の快楽。

二十三歳で小説家としてデビューしたとき、私はひとり暮らしをしていた。昼間、ひとり暮らしのアパートで小説を書いたり、小説書きに飽きてゲームをしたりしていると、あの魅惑の声が聞こえてくる。「いーしゃーきいも、やきいもっ」というその声は、どういうわけかかつて実家で聞いたものと驚くほど似ている。あのアナウンスは全国共通なんだろうか？　しばしの逡巡《しゅんじゅん》ののち、財布を持って部屋を飛び出していく。週に幾度かそんなふうにして焼き芋を買っていたら、いつも昼間に飛び出してくる私の身を案じたのか、焼き芋屋のおじさんが「おねえちゃん、仕事紹介してあげようか」と言った。

「この近くの蕎麦屋《そばや》なんだけど、お運びさんをほしがってるんだよ」ということであった。

そこまで好きだったさつま芋であるが、気がつけば、ぜんぜん好きではなくなっている。もちろん嫌いではないが、自分で買うほど食べたいと思わないのだ、さつま芋も、焼き芋も。

つい先だって、いつもいく八百屋さんの店頭で、ふとさつま芋に目がいった。恥じらうような赤紫。奥ゆかしいようなキュートなかたち。じーっと見ているうち、あることに気づいて愕然《がくぜん》とした。

「自分で料理をするようになってから十数年、私はみずからの意思でさつま芋を買ったことも、調理したこともない」

そう気づいたのである。すごいことだ。あんなに好きだったのに、一度も手にしたことがないなんて。まるで忘れ去られた昔の恋人。

忘れ去っていたそのことにかすかな罪悪感を覚え、私は手を伸ばしてさつま芋を持った。軽いような重いような中途半端《はんぱ》さが、なんとはなしにものがなしい。買わねばならないような気持ちになったが、しかし調理法が思い当たらない。煮物って南瓜《かぼちゃ》みたいに煮ればいいのか。天ぷらはかんたんそうだが、食べたくないしなあ。石焼き芋は無理だし、あとどんな調理法があるのか……。買ったことがないから、さつま芋の扱いに関してはてんでわからない。

さつま芋を、衣をつけずに揚げるってのはどうだろう。ふとひらめいて、その一本を買った。フライドポテトのように長く細く切って、フライパンに多めの油を注ぎ、素揚げしてみた。からりときれいなきつね色になるまでには、案外時間がかかる。揚がったそれらの油を切って、塩をかけて食べてみた。うん、まあ、おいしい。

うん、まあ、おいしい。あんなに愛していたのに、この感想はいかがなものか。さつま芋、ごめん。

父と白菜

白菜ってなんであんなにでっかいんだろう。

あんなにでっかいのに、冬になるとどんどん、どんどん値段が下がってきて、馬鹿《ばか》でかい四つが紐《ひも》でくくられ、五百円とかで売られていて、たのもしいようなあわれなような気持ちになる。そうして、でっかい白菜を見ると自動的に父親を思い出す。

私はエッセイなどで母親のことをよく書くが、父親のことは滅多に書かない。小説にも、男親というのはあんまり登場しない。なぜかというと、私自身が父親をよく知らないからだ。

父は私が十七の秋に亡《な》くなったので、今では、父を知っている時間より、父を知らない時間のほうが長くなってしまった。さらに、ものごころつくまでと、思春期女子特有の（おとうさんってなんか嫌）的な時間を差し引くと、父を知っている時間というのはもっともっと短くなってしまう。

その、よく知らない父親関連で、懐《なつ》かしさを喚起させるものもまた少ないわけだが、白菜は、数少ないなかのひとつである。

私の両親は典型的な昭和の人間で、共働きだったにもかかわらず、父は家事をいっさいしなかったし、母はいっさいさせなかった。やかんでお湯だってわかせない父親が、それだけはみずから行うのが、冬場の漬物作りだった。

白菜をまとめて買ってきて、玄関先で、塩と唐辛子とともに巨大な樽《たる》にぎゅうぎゅうに詰め込む。板の蓋《ふた》をして、まるで凶器のような漬物石をどーんと置く。かさが、日に日に減っていく。

おとうさんってサー、なんにもしないのに、なんで漬物だけは自分で漬けるの？と、母に訊《き》いたことがある。「自分が食べるからよ」との答えであった。

たしかに、冬場の夕食時に食卓に登場するそれを、私も家族もお相伴程度に食べていたけれど、いちばんよく食べるのは父親だった。父は酒飲み献立だったので、シメのごはんはおかずではなく漬物と食べるのだ。

酒飲み献立には、父親だけの酒のあてがいくつか用意されるわけだが、私は父の食べるものを一度たりともおいしそうだと思ったことがない。そもそも好き嫌いの多い偏食児童だったのだ。畳鰯《たたみいわし》だの酒盗だのぬただの、見かけだけで「ウー」なのである。

けれど、食事の最後に父が白菜漬けを食べるときは、それはじつにおいしそうに見えた。自分だって食べているのに、でも、もっととくべつおいしいもののように見えた。しゃくしゃくという音も、ちろりと一滴垂らした醤油《しょうゆ》も。

父が亡くなって、あの巨大樽で漬物を漬ける人はいなくなった。樽はいつのまにかなくなっていた。凶器のような漬物石も。

ザ・昭和夫婦の父と母は、愛していると言い合ったり、触れ合ったり、けっしてしなかった。どちらかというと母は父のことを悪く言うことが多かった。父が亡くなってずいぶんたってから、ともに夕食を食べていた際、「おとうさんの作った白菜漬けはおいしかったわね」と、ぽつりと母が言ったことがあって、たまげた。なんというか、その一言が私には、愛というものとは根本的に異なる、情としか言いようのない何かに思えたのである。しかも、その何かは愛より熱く、頑丈に思えた。

白菜漬けを、私はもちろん作らないが、買ったこともない。外食のときに出てくれば食べるし、おいしいと思うが、漬物屋でまず買わない。もしかしたら「おとうさんの白菜漬けはおいしかった」という母の言葉のせいかもしれない。記憶はもうほとんどないのだが、あの一言によって父の白菜漬けは完璧《かんぺき》においしいものになり、どんな市販品もかなわないと無意識に思い込んでしまったのかもしれない。

白菜を買うときは、だからもっぱら料理用だ。それも四分の一に切ったもの。キャベツもレタスも半分のものは買わない私にとって、四分の一の白菜を買うときはうっすらと敗北感を味わう。「う、負けた、でも」と思いながら、四分の一を買う。馬鹿でかすぎて、半分サイズだって切りにくい。

白菜と豚肉を重ねてほんのちょっとの酒と水、たっぷりの黒胡椒《こしょう》でくたくたに煮る料理をはじめて作ったときは、感動した。淡泊な白菜は、ハムと牛乳と煮て洋風にしてもおいしい。たまにいく飲み屋で、白菜の芯《しん》部分と塩昆布を和《あ》えたサラダがあって、これも真似《まね》して作ることがある。餃子《ギョーザ》も、キャベツでなく白菜で作ると、ふんわりする。

近ごろ、ミニサイズの白菜を見つけた。あの白菜のかたちのまま、サイズだけがちいさいのである。まあ、なんて便利な、と手にとり、隣にあるふつうサイズの丸ごと白菜を見ると、ますますたのもしいようなあわれなような感じが強まっている。

そういえば、「たのもしそうで、でもどこかあわれ」な感じって、私のなかの父親のイメージそのままだなあ。

れんこん哲学

れんこんに、そもそも疑問を持ったことがない。野菜嫌いだった私だが、なぜかれんこんはごくふつうに食べていた。料理を覚えたときも、料理本を見なくても作ることのできた数品のなかに、れんこんのきんぴらは入っていた。ごぼうのきんぴらより、こちらのほうが私は好きである。

はじめてれんこんに対し疑問を持ったのは、飲み屋で、からしれんこんを見たときのことだ。

だれかが頼んで、それが運ばれてきた。れんこんの穴の部分が、黄色い。しかも、周囲も縁取るように黄色い。私ははじめて見る奇妙な姿のれんこんから目を離すことができなかった。

勧められておそるおそる口にし、からしがさほど辛くないことにまた驚き、そうして不思議に思った。

いったいだれがれんこんにからしを詰め込もうなどと思ったのか。いや、真の疑問はそんなことではない、なぜれんこんには、からしを詰め込みたくなるような穴が開いているのか。

その穴が埋められていてはじめて、穴の存在に気づいたのである。空《から》であれば気づかないままなのに、空が埋まって空に気づく。なんか哲学的。

れんこんの穴には、調べてみればいろんなものが詰められているようである。明太《めんたい》子《こ》とか肉とか。そんなにいろいろ詰められて、何思う、れんこんよ。

冬になると、知人が土付きれんこんを送ってくれる。この土付きれんこん、じゃが芋のように日持ちするかというとそうでもないので、わりあい急いで食べ切るようにしている。以前まで、れんこんといえばきんぴらか煮物、味噌汁《みそしる》、豚汁、サラダやチップスくらいにしか使っていなかったが、昨今、「する」ことも覚えた。

そしてまたあらたな疑問が生じた。

れんこんは、片栗粉《かたくりこ》などのつなぎを入れなくても、団子状に丸まってくれる。そしてそのまま食べるとしゃくしゃくするのに、するとなぜかもっちりする。れんこん、形状が奇妙なばかりでなく、切るとかするとかいった工程で、こんなにも変化を遂げるのだ。身の処し方でありようが変わる。これまた、何か身をもって私たちに暗示してくれているのではなかろうか。哲学的に。

すったれんこんに、鶏挽《とりひ》き肉や椎茸《しいたけ》をまぜ込んで丸くして蒸すと、きれいな丸が崩れないまま、れんこん団子になる。蒸さずに揚げてもいい。そこに生姜《しょうが》味のくずあんをかけると、なんだかたいそう立派な料理に見える。

海老《えび》蒸し餃子《ギョーザ》にれんこんを入れても、ぷりぷり感にむちむち感がプラスされておいしかった。

ハンバーグ種に、すったものと刻んだものと両方入れると、さくさくもっちりして、これもおいしい。

おいしいのだが、でもやっぱり疑問が消えない。何も穴なんかなくたっていいじゃないか。すったらもっちりしなくても、いいじゃないか。私たちに、その存在をかけていったい何を教えようとしてくれているのだ、れんこんよ。

友人宅に遊びにいったとき、れんこんをただ焼いて塩したものが登場した。厚めに切ったれんこんで、揚げ焼きした感じの焦《こ》げ方である。なんにも思わずこれを口に入れて、のけぞった。うまかったのだ。つい、言っていた。「れんこんなのに、うまい！」

いや、れんこんがおいしいことは知っているけれど、焼いただけで感激するほどうまくなるほどのものでもない、と、私はどこか見下していたのである。でも、おいしかった。この厚め揚げ焼きれんこんは、しゃくしゃくともっちりの両方が、あった。

私も早速、帰って真似《まね》した。少し厚めにれんこんを切り、両面に軽く片栗粉をまぶして、オリーブオイルでじりじり、じりじり、じりじりと、ゆーっくり焼いていく。両面焼いて、れんこんが透き通り、両面に焦げ目が付いたら取り出し、うまい塩をかける。うまい塩でないといけない。今のところ、この食べ方が私はいちばん好きである。かんたんで、はっと目を見開いてしまうほど、うまい。

れんこんの菓子をいただいたことがある。笹《ささ》の葉に包まれた和菓子である。れんこんが、菓子になっている。しかも、甘い菓子。

この和菓子はれんこんでできている、おかずでできている、煮たり焼いたりすったりして一般的にはショッパ味で食べるものでできている。そのことに自分でも不思議なくらい動揺して、私はそのいただきものをきちんと味わうことができなかった。だからどんな味だったか、ここに記すことができない。もっちりしていたようなかすかな記憶だけがある。

でも、菓子にならなくてもいいじゃないか、れんこんよ、と思う。そんなことをしていると、その穴にあんこを詰められて、「あんこれんこん」だの、カスタードクリームを詰められて「れんこんタルト」だのにされてしまうぞ。と、余計な心配をしてしまいたくなるれんこんなのだった。

蟹《かに》沈黙

日本の観光地を旅すると、そこには必ず中年女性グループがおり、食べものにたいへん心を砕いているのが見てとれる。土産物街で買い食いし、なおかつ試食して土産物を買い込み、評判の店の前で列を作り、大きな声でその日の夕食について話している。私は今、そういう中年女性の気持ちがたいへんよくわかる。なぜなら私もそうした中年女性の仲間入りを果たしたからだ。

食い意地というのは年々はってくる。どこそこの何それがおいしいと聞けば、「食べたい」と思う。それを食べるためだけに、その地にいくことだって辞さない。地理に疎《うと》い私は「○○は何県の隣か」と訊《き》かれてもわからないが、「○○でこれだけは食べておけというものは何か」には即答できる。

三年前の二月、鳥取にいった。二年前の一月、福井にいった。そしてつい先週、島根にいった。この三県の正確な並び順を言うことはできないが、しかし共通して「冬なら蟹」と、即座に言うことができる。……なんの自慢にもなっていないばかりか、ただの恥さらしのような発言である。すみません。

鳥取も福井も島根も、みな仕事でいった。仕事相手が、向こうについてからのスケジュールを説明しているあいだ、私はなんにも聞いていなかった。ただひたすら「蟹はどこで組み込まれるのか」と考えていた。

ふだんあまりに肉肉言い過ぎて、今や初対面の人でも「肉が好きなんですよね」と名刺を渡しながら訊いてくる。今回の島根いきも「滞在中、肉の予定はありませんが」と、仕事相手の人にくどいほど説明を受けた。いやーだーモー、そんなのぜんぜんかまいませんよ！　私そんなに肉食いじゃないですし！　とほがらかに答え、「肉なんかより、島根といえば蟹……もしかしてちょうど季節ですね……」とさりげなく、あたかもたった今思いついた些事《さじ》のようにつぶやいたのであるが、心中、「ぜったい食事に蟹を組み込んでくれ」と強く念じていた。

島根には三日滞在した。内、夕食の一回が蟹であった。私の腹黒い念がかなったわけではなくて、やっぱり同行者のだれしもが、冬の島根なら蟹食べたいと思っていたようである。

蟹を真剣に食べようということになると、これは旅先でも、自身の暮らす東京でも、蟹コースのある飲食店に赴くことになる。

この蟹コースであるが、店によってじつにさまざま。蟹の前に刺身盛り合わせが出たり、蟹サラダが出たり、天ぷらに蟹とともに野菜が出たり。

個人的な希望を言えば、私は蟹コースには蟹しか登場してほしくない。というのも私はいっぺんにたくさん食べることができないため、うっかりほかのものを食べてしまうとそれでおなかが満ちてしまい、かんじんの蟹が入らなくなるのだ。同様の理由で、焼き肉屋で私は肉とキムチ以外のいっさいを注文しないし、食べない。

島根の蟹コースは、ハテどんなだろうと思いつつ、仕事終了後、総勢六名で蟹店にいった。お品書きがある。それに目を通し私は内々で感動に打ち震えた。なんと蟹以外のものがいっさいないのである。蟹浜茹《ゆ》で、蟹すき、蟹刺身、蟹網焼き、蟹天ぷら、最後は蟹ごはん。ビバ蟹尽くし！

最後に蟹鍋《なべ》、という蟹コースはずいぶんと多い。シメは雑炊。これもたしかにおいしいのだが、じつはそんなにうれしくはない。最後が鍋だと、せっかくたのしんできたコースが、わちゃわちゃになってしまうような気がするのである。このころにはみんなだいぶ酒も入っているし、「いいよいいよ入れちゃえ」状態になり、さらにアクをとるのも面倒で、「いいよいいよ、アクもまた出汁」となり、せっかくの、せっか

くの、せっかくの蟹を、わちゃわちゃした鍋に放り込んでしまうような「あーあ」感がある。いきなり場が雑ぱくになるというか。

鍋はあるコースとないコースとがあるが、茹で蟹のないコースはない。たいていコース序盤で登場し、場をしんと静まり返らせる。何人で卓を囲んでいようとテーブルはみごとに静まり返る。このときどういうわけだか、必ず、「蟹ってほんと、食べてると静かになるよね」と言う人がいる。毎回毎回、いる。わかっちゃいるが、でも言わずにはおれん、となるくらい、蟹沈黙は不自然なのだろう。

そうしてコース終盤で、やっぱりこれもまた、毎回毎回だれかしらが、言う台詞《せりふ》がある。

「蟹ってなんでこんなにおいしいんだろうねえ」というのが、それ。あ、私だ、それ。

ひとり暮らしをはじめたものの、料理がまだできなかった二十代前半のころ、「蟹丼《どん》」というのを考え出したことがある。ごはんを茶碗《ちゃわん》によそって蟹缶をその上にあけ、マヨネーズと醬油《しょうゆ》を垂らして食べる、なんとも若者ひとり暮らし的な丼である。蟹缶は高いものもあるが安いものもあるので、お金がないときもこれは食べることができた。そして充分おいしかった。島根の蟹コースを食べたときとおんなじに、若き私もつぶやいたはずである。蟹ってなんでこんなにおいしいんだろうねえ、と。

牡蠣《かき》風呂《ぶろ》は遠い

牡蠣をはじめて食べられるようになったときのことを、今でも覚えている。六年ほど前、料理上手の友人Mさんの家に飲みにいったとき、牡蠣入りクリームシチュウが出たのである。牡蠣食べられないって言おうかな、でも、Mさん料理上手だから食べられるかも、と一瞬迷い、食べてみて、「おや！」と牡蠣への思い込みを一新したのだ。当時私は貝が苦手で、鮑《あわび》サザエ系はとくにだめで、牡蠣はなんというか鮑サザエの最強版と思い込んでいたのである。つまり最強に磯《いそ》臭く、最強にこりこりした食感で、最強に苦い部分がある。でももっとやさしいですね、牡蠣は。

食わず嫌いで育つと、いちいちこうした発見がある。

牡蠣、食べられた、おいしいおいしいとその場でよろこんだのを覚えている。Mさんは、知人から生牡蠣が送られてきたときも呼んでくれた。Mさんの夫が牡蠣の殻を苦労して剝《む》いてくれ、私たちはそれをずるずると次々食べては白ワインを飲み「うまいねえ」「うまいねえ」と言い合った。Ｍさんの夫、なんてすばらしい人なんだろう。

Ｍ家で出合って以来、私の暮らしにはごく自然に牡蠣が寄り添うようになった。こういうこと、つまりおよばれされたホームパーティで紹介され親しくなり、ごく自然に寄り添うようなことが、人間同士で起きるといいのだが、かなしいかな人間界ではなぜか滅多にない。

牡蠣は、牡蠣歴が短い人間からしてみれば、形状がずいぶんグロテスクに思える。びらびらしているし、ひだが黒いし、ぷっくり膨れたところとそうでないところがあるし、何か丸くてちいさな鏡のような部分がはめ込まれている。牡蠣歴の長い人は「うんまそうー」と思うのだろうが、私はこれをじーっと見ると、だんだんこわくなってくる。食欲がしずかに減退していく。だから、あんまり見てはいけない。買ってきたらすぐ、塩水でざばざば洗って、よく見ずに水気を拭《ふ》き取る。

大根おろしで洗うときれいになるらしいのだが、そんな、洗うためだけに大根なんかおろせますか。超一級の面倒くさがりな私は、一度試しただけで、もう大根はおろさなくなった。

牡蠣と親しくなってから、ＥＲと牡蠣の関係も知った。ＥＲの付く月の牡蠣がもっともおいしいそうである。すなわちSeptember、October、November、December。

でも January、February の牡蠣もおいしいと私は思うが。まあフランス語にすれば、一月二月もERは入るし、という理解の仕方でよしとしよう。

牡蠣を好きになると、冬場の料理の幅がぐーんと広がる。牡蠣フライ、牡蠣シチュウ、牡蠣グラタン、牡蠣酒蒸し、牡蠣土手鍋《なべ》、牡蠣炊《た》き込みごはん、牡蠣ムニエル。シチュウでもグラタンでも、私は牡蠣に小麦粉をはたいてバターと白ワインでかりっと蒸し焼きにしたものを使うのが好きだ。

ところで、牡蠣歴の長い筋金入りの牡蠣好きになると、牡蠣風呂《ぶろ》を夢見るらしい。幾人かがうっとりと言うのを私は聞いたことがある。生牡蠣がいっぱい詰まっている風呂に入りたいくらい、牡蠣が好きだという意味だ。いつかバケツでプリン食べたいというのと、同じ愛の表現であろう。

牡蠣歴が短いと、じつは牡蠣をおいしいと思っても、そんなに量は食べられない。風呂はいくらたとえにしたって、「いや遠慮するわ、それ」と思ってしまう。私の場合、「おいしい」と思って食べる牡蠣は上限四個くらいである。食べ放題、と言われても、さっぱりうれしくない。

ニューヨークにいったとき、知り合いに紹介されてオイスターバーにいった。紹介してくれた在ニューヨークの方は「この前三十個も食べちゃったの〜」と言っていた。

さ、三十個。まさに牡蠣風呂。さらに彼女は「クマモトをぜったい食べるべき」と力説していた。クマモトという名の、クマモトで採れたわけではない牡蠣があるらしい。バーといっても昼時間もやっているレストランだった。牡蠣をメインに、前菜やスープと組み合わせてランチコースになる。牡蠣の種類、すごい。日本で暮らしていると牡蠣といえば真牡蠣と岩牡蠣くらいしか思い浮かばないが、ワインリストのようなメニュウには、びっしりと牡蠣の名前と採取場所が書いてある。そんなにたくさんあってもわからないし、クマモトもちゃんと含まれているのを確認し、サンプラーというおまかせ盛り合わせを頼んだ。

巨大な皿に渦巻きのように美しく牡蠣が並べられて登場。それにしてもみんな、ちっこい。日本の牡蠣の三分の一か、大きいものでも半分。これなら三十個、食べられるかもしれない。クマモトは、蛤《はまぐり》くらいの大きくない牡蠣で、ちいさいだけあって身が引き締まり、うーんとクリーミーで味が濃く、たしかにたいへんおいしかった。

かように国内外で寄り添って暮らしているとはいえ、殻付きの牡蠣を買おうと思ったことは今までなかった。開けるのがたいへんにむずかしそう。Mさんの夫のようなすばらしい男の人が、次々と開けて差し出してくれればいいな、と漠然と考えていた。が、先だって仕事の合間についふらふらと、北海道の殻付き牡蠣をネット注文してしまった。仕事がいき詰まり過ぎたとき、こういう無意識行動がよくある。

殻付き牡蠣が届き、家には私ひとりしかいなかったので、軍手をはめて挑戦してみた。するとなんたることだろう、牡蠣二個目にして牡蠣開けの極意を理解してしまった。牡蠣の膨らんでいるほうを下にして持ち、隙間《すきま》にペティナイフを差し入れて、上側にくっついている貝柱を切れば、いともかんたんに開く。隙間のない牡蠣は少し蒸したり焼いたりしてやれば、ほ、と少しだけ口を開けてくれる。

生牡蠣もいいし、蒸したり焼いたりしたのが、また最高。ひとりで殻を開け、ひとりで白ワインを手酌、ひとりで牡蠣を次々と食べ、ヨシしあわせと思う。私はかつて、自己完結し過ぎて友人も恋人もいらなくなるのではという不安の故《ゆえ》、ひとりで居酒屋にいって飲める女にはなりたくないと思っていたのだが、でも、このひとり牡蠣ってその自己完結至福に似ていないだろうか……。

ふぐじゃなきゃだめなんだ

以前、「鱧《はも》はじまりました」の貼《は》り紙が出る料理屋のことを書いたが、つい数週間前に、「ふくはじまりました」に変わった。「ふぐ」じゃない「ふく」というところが、いい。よっしゃ、ふぐ食べなきゃ、という気持ちになる。

ふぐコースというものが世のなかにあると知ったのは、二十代の半ば過ぎだ。単行本ができた打ち上げで、編集者が連れていってくれたのだ。ふぐのコースがあるふぐ料理屋にいくのは生まれてはじめてだった。

ふぐコースがふぐだらけで、びっくりした。ふぐ刺身ふぐ唐揚げふぐ鍋《なべ》。

二十代半ばといえば、私はまだ偏食まっさかりのころ。しかも、食べることより酒を飲むことを重要視していた。はじめてのふぐコースはありがたかったが、しかし、「どうしてこんなに淡泊なものを、みんな高いお金出して食べたがるんだろう」と、正直、思った。ふぐよりも、はまちのほうがトロのほうが、特上カルビのほうがサーロインステーキのほうがありがたい年ごろだった。

しかしながら、私はこのふぐ宴席のことをじつによく覚えている。酒が入ると今しがたのことも忘れる私にとって、この記憶は奇跡である。店は当然のこと、そのときいたメンバーも、話した内容もぜんぶ覚えている。クリスマスが間近で、編集者のひとりが私にプレゼントをくれたのだが、その中身も覚えている。

ちなみにこのときみんなで話していたのは、デートについてだった。四十代、三十代、二十代の編集者三人とデートについて語り出したのだが、なんと二十代の私も交え、四人全員、ふつうのデートがどんなものなのか知らなかったのだ。年の違う私たち四人が知っているのは、唯一《ゆいいつ》、「異性と酒を飲みにいき、そのままどちらかの住まいに泊まる」ことがデートだと思っていた。そういうデートしかしたことがなかった。そうして「ふつうのデートってどんなのだろう」と、話し出したのである。

映画とか……というところまでは想像がついたが、ドライブとか、になるともうみんな頭を抱えた。車に乗ってどこにいくんだろう……と。今思えば、似たもの同士の会だったんだなあ。

その私たちもそれぞれ、二十代は四十代に、三十代は五十代になり、四十代はついこのあいだ定年退職した。あのときはじめてふぐを食べた私も、ふぐを食べない冬はないくらい、よく食べるようになった。

夏でもふぐは食べられるが、やはり冬である。そうしてあんなに淡泊な味なのに、べらぼうにうまい店と、そうでもない店があることが、次第にわかってきた。値段ではない。ここがみそ。やっぱりいちばんは、信用できる人からの、「どこそこのふぐはうまいらしい」という情報。

二十代ではわからなかったふぐの淡泊なおいしさも、ようやくわかるようになってきた。

が、それでも、思うのである。ふぐコースのなかでいちばんおいしいのは刺身でも唐揚げでもない、鍋後の雑炊だ！　と。

鍋のあとの雑炊は、なんだっておいしい。水炊きだって、鱈《たら》ちりだって、寄せ鍋だって、みんなみんな、食材のうまみが凝縮されておいしくなるのだ。

そのなかでもふぐは格別だ！　と私は声を大にして言いたい。

ふぐ鍋後の雑炊の、あの、清潔感があるのにしっかりと滋味深い、あっさりしているのにしっかりと芯《しん》のある味はどうしたことだろう。あれは、ふぐにしか出せない。ふぐじゃなきゃだめなんだ。

二十代のときよりふぐのおいしさがわかるようになったつもりだし、ふぐのうまい店はここ、と太鼓判を押して薦めることもできるけれど、それでも肉派最右翼の私は、本当にはふぐのおいしさはわかっていないのかもしれないと思うことがある。だってふぐ刺しのときからすでに、雑炊雑炊、カモン雑炊と思っているのだもの。ふぐ刺しも唐揚げも鍋も、もうぜんぶ、メインであるところの雑炊にいきつくための前菜くらいに思っているのだもの。雑炊が食べたいがために、調節しながら鍋をちびちびつつくのだもの。

でも、そういうことってあるよなあとしみじみ思ったりする。

たとえば、人生初ふぐの席で話したデートについてであるが、映画を見る、ドライブをする、なんてことは、それはそれでたのしいが、真の目的ではないはずだ。もっともっと親しくなるために、そういう手順が必要というだけで、もしかしたら、デートだからという理由で、やむなく恋愛映画を見ているホラーマニアもいるだろうし、助手席でたのしそうなふりをしている鉄女もいるかもしれない。映画もドライブも、つまりはふぐ刺しであり、ふぐ唐揚げであり、ふぐ鍋だ。

たのしい。今日のこと一生忘れない。またデートしようね。でも、真の目的はもっとその先にある。

あのとき、「飲みにいって酔っぱらって相手のうちに泊まる」デートしかしたことがない各世代の四人がそろっていたが、それはもしかして、「前菜はかっ飛ばして最初からふぐの味のしみこんだ雑炊を食べる」ような贅沢《ぜいたく》デートだったのではないか。

……なんだかたとえがちょっと、間違っている気がしないでも、ない。

まぐろ年齢域

鮨《すし》といえばまぐろ、刺身といえばまぐろ、巻物なら鉄火巻き、魚の丼《どんぶり》なら鉄火丼《どん》。と、いうくらい、私は生のまぐろと近しく育った。好き嫌いが多かったなかで、好きな生魚の筆頭だった。にぎり鮨を食べるとき、親は私のたこやイカと自分のまぐろを交換してくれた。出前をとるときは人数ぶんのにぎりプラス、必ず鉄火巻きを一人前注文してくれた。

幼少時から、それはそれは近しいので、未《いま》だに「まずまぐろ」という気持ちがある。考えなくとも「まずまぐろ」なのだ。飲み屋で刺身を頼むとき、まぐろがあれば真っ先に頼むし、おまかせで握ってもらう鮨屋ではまぐろがどのタイミングで出るか気にかかる。中トロも好き。大トロも好き。赤身も好き。漬《づ》けも好き。ネギトロも好き。

列車に乗るとか飛行機に乗るとか、もしくはどこか野外に出向くようなときに弁当が必要になったとする。デパートの地下食料品売り場や、駅弁売り場をあれこれ目移りしつつさんざんうろついて、私が選ぶのはたいていまぐろ系の弁当である。鉄火丼とか、トロと赤身のみのにぎり鮨とか。私は自他ともに認める肉好きなのだが、しかしそういうとくべつな場合に選ぶのは、慣れ親しんだまぐろなのである。

私の母親もやはりまぐろが好きで、正月はまぐろ、と決めているようなところがあった。おせちと雑煮と、まぐろの刺身。年末の魚屋さんを見ていると、おせちと雑煮と、「蟹《かに》派」「まぐろ派」に分かれるようである。関東のみの現象だろうか。

大人になってねぎま鍋《なべ》なるものと出合ったときは、びっくらこいた。刺身で食べてもおいしいまぐろを、煮る！ こんな大トロを、煮てしまう！

しかし、初ねぎま鍋、心底おいしかった。あんまりおいしかったので、以来、私も家でねぎま鍋をするようになった。具はシンプルなほうが断然いい。葱《ねぎ》と、セリと、まぐろのみ。ほんのり苦みのあるセリが、また、合う合う。しかしどうしてもねぎま鍋用に大トロを買うことが私にはできない。脂《あぶら》ののったメジマグロなどでごまかすことがほとんど。それでも充分においしいのだが。

まぐろといえば、三崎が有名。神奈川県の三浦市である。三浦海岸、三崎も子どものころから近しかった。子どもだった昔は、そんなにまぐろが有名とは知らなかった。大人になって出かけて、まぐろを売りにしている飲食店が多いことに気づいた。市場でも、冷凍まぐろをさくで売っている。

ところで、私は年に一度、十人ほどで温泉旅行に出向いている。私が最年少、半数ほどが七十代の高齢グループのこの温泉旅行、十年以上、続いている。このメンバーで、なぜか「まぐろを食い尽くそう」ということになった。いつもいき先は箱根や熱海なのだが、はじめて三崎の温泉宿に出かけることになった。

温泉に一泊して翌日、みんなで街に繰り出し、だれかが予約してくれていた一軒のまぐろ料理屋に入った。二階の座敷にほぼ貸し切り状態で、まだ昼なのにビールが開き、まぐろコースがはじまった。刺身はメバチまぐろ、本まぐろ、インドまぐろ、中落ち、中トロ、大トロとさまざま。まぐろの珍味、ホシ（心臓）、卵、尾の身。まぐろ頬肉のステーキ。

ひとつの料理に箸《はし》を付けないうちから次々と登場するまぐろ料理にみんなきゃっきゃっと浮かれ騒いで、早くもビールを熱燗《あつかん》に切り替えて刺身から食べはじめたのだが、ものの数分もたたないうちに、場はしーんと静まりかえった。早々と、「なんかもうまぐろ、いいや」的ムードが漂いはじめる。

いきなりすべての料理を目の前に並べられた「目の満腹感」もある。さらに刺身も多かった。大トロ、中トロも少しならば浮かれるのだが、どーんとあると、きつい。

とくにほとんどのメンバーは脂ものから遠ざかった高齢者。そして、刺身の皿すらまだ空《から》になっていないというのに、どーんと、まぐろのカマ焼きが運ばれてきた。空を向くまぐろの巨大な頭が、でかい皿にのって登場したのである。

ほかのお客さんならば、ここで拍手喝采《かっさい》、やんややんやの盛り上がり、なのかもしれない。しかし私たちはただ無言でぽかんと口を開き、運び込まれた巨大な頭を見つめるのみ。開始から三十分もたっていない。だれかがぽつりと、

「ああ、おいしい赤身が、ほんのちょびっと食べたいなあ」とぼやいた。

まぐろ専門店で、まぐろフルコースを目の前にして、まぐろの赤身が食べたいとは、なんと皮肉なことであろう。

「横須賀にさあ、元祖海軍カレーを出す店があるんだけど」七十代のひとりがぽつりと言った。カレー、いいね！　とみんなぱっと顔を輝かせる。そしておそろしいことに、私たちは早々にフルコースを切り上げて横須賀にいき、そのカレーを出す店でまたしてもビールと熱燗を頼み、刺身の盛り合わせを頼み、カレーで締め括《くく》ったのである。

まぐろの名誉のために言わせてもらえば、まぐろはおいしいのだ。カマ焼きだって、頬肉だって、中落ちだっておいしい。が、テーブルにそのすべてを並べ、もりもり片

付けていくような食べものではないのだと思う。私はいつだってまぐろが食べたいが、あのコースはやっぱりもういいや、と未《いま》だに思う。大トロも中トロも、「もっと食べたい」の手前で終わるから、おいしい記憶が残るのだ。

いやしかし、一切れ二切れのトロよりも「おいしい赤身がほんのちょびっと食べたい」、あの気持ちがわかる年齢域に、これからずんずん突き進んでいくのだろうなあ。

そのあとカレーを食べられるかどうかはともかくとして。

神聖餅《もち》

餅が好きだ。どのくらい好きかというと、好き過ぎて食べないくらい好きだ。

私が餅を買うのは一年のうちただ一日、大晦日《おおみそか》である。少し多めに買って冷凍しておく。その餅が切れても、次の大晦日までぜったいに買わない。そんなに餅が好きなら餅を常備すればいいとお思いでしょう。でも、違うのだ。

まず冷凍庫につねに餅があったら、私は確実に、餅を食べ過ぎる。朝食、雑煮。昼食、力うどん。おやつ、磯辺《いそべ》焼き。夕食、餅が食べたいために鍋《なべ》にして、鍋後、餅投入。夜食、磯辺焼き。こんな具合に、餅が止まらなくなること必至。

餅の食べ過ぎで際限なく太っていくこともこわいが、それよりも、餅の神聖さをおかすことに私は罪悪を感じる。そう、餅は私にとって神聖なのだ。豆腐やみかんのように、毎日食べて許されるようなものではない。新年、「あー、お正月だなー」と思いながら食べてこそ、餅。そんな気が、どうしてもしてしまう。

餅に、うまいまずいがあるのは知っていますか。

スーパーで袋入りで売っている餅は、その値段が安ければ安いほど、まずい。ワインは高価なものほどおいしいと聞いたことがあるが、餅もそんなようなところがある（ワインほどの値段の開きはないが）。まずい餅に当たったときの、あの失望。

実家を出てから、正月はたいてい自分のアパートで過ごしてきたのだが、二十代の貧乏なとき、餅代をけちったことがあった。大晦日、アパートに集まった友人たちにお雑煮をふるまい、自身でも食べ、「ふぎゃっ」と思った。それまで、まずい餅がこの世に存在するなどと思ったことがなかったのだ。

まずい餅を食べていることもかなしく、また、まずい餅を平気で友人にふるまったことが恥ずかしく、大晦日にまずい餅を食べさせられている友人たちも気の毒で、あのときは部屋の隅でじっとりと膝《ひざ》を抱えたい気分だった。

以来、どんなに貧しても、安い餅は買わないことにした。安い牛肉も安いキャベツも安い味噌《みそ》も私は平気だが、安い餅はだめ。ただただ、かなしい気持ちになる。

では、うまい餅はどこで売っているか。二十代のころから、大晦日になると、私はうまい餅を求めて町をさすらった。スーパーで売っている、安くない餅でもいいのだが、もっと「つきたて」感のある餅を入手したくなったのだ。

餅を売っているところといえば、米屋か和菓子屋である。こういうところで売られているのはのし餅。そしてやっぱり、スーパーの安くない餅より、うまい。大晦日の早い時間にいかないと売り切れているのが玉に瑕《きず》。

今の住まいに引っ越したのは三年前だが、すばらしいことに、近所に「おもちやさん」という名の餅屋がある。売っているのは餅菓子と餅。餅は餅屋、というが、やっぱり餅屋の餅はそりゃあおいしいのである。餅屋がそばにあるだけでも、今住んでいる町に引っ越してきてよかった、と思う。大晦日しか、買いにいかないんだけれども。

こんなに好きな餅だが、私の食べ方は決まりきっている。雑煮か磯辺焼き。大晦日に買って冷凍しておいた餅は、たいがいそのどちらかで食べ切る。餅ピザを作ることもないし、餅グラタンを作ることもない。みずから餅レシピを考案することもない。

正月が過ぎ、成人の日が過ぎるころ、ああ揚げ餅が食べたい、と思う。私の実家では鏡餅が割れてくると、それをさらに乾燥させ、揚げ餅にしていた。餅、は私の好物であり、揚げる、は私のもっとも好きな調理法。揚げ餅は私にとって、愛×愛の食べものなのである。自分ちで揚げた餅は、当然ながら、市販の揚げ餅なんかより格段にうまい。あつあつを食べられるのもいい。

毎年、ああ揚げ餅食べたい、と思いつつ、みずから作ったことはない。なんだかかたいへんな作業のような気がするし、餅を揚げるのは、爆発しそうでなんだかこわい。だからいつも、思うだけ。ああ揚げ餅食べたい。だれか作ってくれないかなー。と思うだけ。

昨年、仕事で訪れた中国で、画期的な餅料理に出合った。

中国人を含む数人で北京の中華レストランにいった折、不思議な料理が運ばれてきた。ナンを細く千切って薄っぺらくしたようなものが、かごに山盛りになっている。「これ、なんですか」と通訳の方に訊《き》いてみると、「揚げた餅」という答えである。その地方の伝統料理らしい。

へらへらに薄っぺらく、ひよーんと長いそれを食べると、香ばしく、かすかに甘く、口に入れると一瞬さくりとし、あっというまにとける。食感も含め、すばらしいおいしさ。「わー、おいしい」と私は平静をよそおって言ったが、実際は、「ぎゃーっ、何これ何これ何これ‼　うまうまうまーーーいっ」とフロアじゅうを転げまわりたい思いだった。中華式のまわるテーブルでの食事だったので、気がつくと、揚げ餅入りのかごははるか彼方《かなた》にある。私はほかの人に気づかれぬよう、そっとテーブルをまわしてはかごを近づけ、手を伸ばしてそろりそろりと餅をむさぼり食った。が、気をゆるめるとまたそのかごはテーブルの反対側にいっている。またしても慎重にテーブルをまわし揚げ餅を近づけ……とやっているうちに、へとへとに疲れた。そして自分の意地汚さを思い知らされ、ちょっとへこんだ。

けれど今になってみると、あんな薄く細い餅こそ自分で作れるはずがないのだから、もっと食べておくんだった、と反省しきりである。やっぱり私は意地汚い。

だいじょうぶだとほうれん草が言う

だれしも「だいじょうぶ野菜」を心に持っているのではないか。

だいじょうぶ野菜、すなわち、これさえ食べればだいじょうぶであろう、というような野菜。体調が悪いとか、なんかふらふらする、とか、最近野菜食べてない、とか、そういうとき、「あれを食べればだいじょうぶ」と思う野菜って、ないですか？

たとえば私の友だちは、キャベツがだいじょうぶ野菜である。野菜不足かも、というときはキャベツの千切りを献立に添えるらしい。トマトの人もいる。南瓜《かぼちゃ》の人もいる。

私の「だいじょうぶ野菜」は、ほうれん草である。ほうれん草を食べさえすれば、なんかだいじょうぶな気がする。

もちろん、野菜不足とか、めまいがするとか、風邪気味、とか、そんなとき、ほうれん草だけ食べればよいというものではないことは、ちゃんとわかっている。肉もほかの野菜も米もバランスよく食べなければいけない。が、今、とにかく何か元気になりそうなものを食べねば、と思うとき、私が思い浮かべるのは肉ではなく、ほうれん草なのである（肉は日常的に食べているのであまりSOS感がない）。

なぜにほうれん草か。ポパイの影響ではない。

今もごくたまにそうなるが、十代のころの私はしょっちゅう貧血を起こしては、電車や往来でばたーんと倒れていた。今日貧血を起こして……と親に話すと、親は心配するあまり怒り出し「レバーとほうれん草をもっと食べろ！」と迫るのである。このころ、あんまり倒れるので病院にもいった。投薬のほかに「食べたほうがいいもの」といったような紙を渡され、そこにもやっぱりレバーとほうれん草と書いてあった。そのころレバーは嫌いだったので、せっせとほうれん草を食べた。倒れるのは私だってやっぱり避けたかったのだ、恥ずかしいし。

十代のころ、ほとんどの野菜を私は食べなかったが、ほうれん草は数少ない、食べてもちっとも嫌じゃない野菜だった。お浸しもおいしいし、ごまよごしもおいしい。バター炒《いた》めもおいしいし、バター炒めをココット皿に詰めて卵を落として焼いてもおいしい。我が家ではよくほうれん草のグラタンという料理が出たが、これまた、私は大好物であった。玉葱《たまねぎ》とベーコンとほうれん草を炒めて、クリームソースで絡《から》め、チーズをのせて焼くだけの料理である。マカロニもごはんも入れない。これは未《いま》だに私も作っている。

ほうれん草にアクがある、ということは、自分で調理するまで知らなかった。一回茹《ゆ》でて調理すればいいのだが、超面倒くさがり屋には「一回茹でる」が面倒でたまらない。だってどうせ火を通すんじゃん、と思って、切ったまま使うことがしばしばである。炒めるぶんにはさほどアクも主張しない。

一度失敗したことがある。ほうれん草と豚肉だけで、豚しゃぶをしたのである。このときも私は面倒で、ほうれん草を茹でず、切ったまま鍋《なべ》に投入した。ポン酢を付けるので、食べている最中はアクの味はそんなに気にならなかった。

さて鍋を終え、雑炊でも作るか、とごはんを入れてぐつぐつ煮たところ、なんと、ほうれん草のアク味の雑炊ができあがった。これがもう、みごとというほかないくらい、アクが凝縮された味だった。アルミホイルを口じゅうに敷き詰めたような、きしきしした不快な違和感と、青くさい苦み。「おー」と思った。「おー、立派にまずい」と。

私は緑黄色野菜をむやみに尊敬、信頼している節がある。もちろん好きな緑黄色野菜、苦手な緑黄色野菜があるが、しかし緑黄色野菜全般に対して感じるのは、好き嫌いではなく、あくまでも尊敬、信頼である。体にいい、というか、体のなかの困った問題を即座に解決してくれる、とどことなく信じている。

そんななかでほうれん草はぶっちぎり第一位で、私の尊敬と信頼を得ているのである。ほうれん草があの深い緑色でなく、白とか薄緑だったら、「だいじょうぶ野菜」の地位を獲得していたかどうか、ちょっとあやしい。

白子初心者

脳味噌《のうみそ》みたいだから食べたくないとずっと思っていたものが二つあり、ひとつはカリフラワーでひとつが白子である。カリフラワーは今でも好んで食しはしないが（でもポタージュはうまい）、白子はもうずいぶん前から「脳味噌みたいだけど、好きだ」に変換している。

好きだけれど、しかし、私にとって白子は外食先で食べるものだ。幼少期から白子慣れしている人は、まったく躊躇《ちゅうちょ》なく魚屋で白子を買い、まったく気負いなく鍋《なべ》に入れたり味噌汁に入れたり、する。大人になって白子と出合ったにわか白子好きは、そうはできない。

まず買うのに戸惑う。だって魚屋で売られている白子って、もうなんていうかあまりにも脳味噌みたいで、買うのにどきどきするじゃないか。グラム売りしているところでは何グラム買えばいいのかわからないし、ひと舟で売っているところは、そのひと舟が多過ぎるように見受けられる。

さらに、いったいどんな料理に使おう。鍋、しか思いつかない。外食した、心身とろけるような絶品料理を思い出しても、それが自分にうまくできるのかどうか、自信がない。そもそも白子ってどう料理するの？

たしかいちばんはじめに食べたのは、居酒屋でよくある、白子ポン酢だと思う。白子ポン酢はふつうにおいしい。ごくふつうにおいしいものもあれば、何か皮がぷりっぷりでつるっつるで、ものすごく高級料理化されておいしいものもある。あの調理過程はどう違うんだろう？

それから、鍋。鍋の白子も、ごくふつうにおいしい。

何これーっ、うまーっ、と思わず叫んだのは、鮨屋《すしや》で食べた、軽く塩をふったあぶり白子。これはうまかった。焦《こ》げ目のところが香ばしくて、皮からぷりふにょーっとした中身が出る。塩が甘みを引き立てる。

それから涙ぐむほど感動した白子料理に、雑炊二種がある。

近所の、魚料理を出す居酒屋の白子雑炊は、雑炊に焼いた白子がのっている。白子を崩しながら食べるのだが、これがまた、さっぱりこっくりして、匙《さじ》が止まらない。

もうひとつ、神楽坂にある有名店で食べた白子雑炊は、リゾット風に仕上げてあった。白子を裏ごしし、雑炊にまぜ込んでいる。これがねっとりとクリーミーで「一生主食をこれにしたい」と思うほどの、すばらしさ。少し前にいったらもうメニュウからなくなっていた。残念。

和食ばかりでなく、洋食にも登場する。

イタリア料理店の前菜に「白子のムニエル」があったので、頼んでみた。これもまた、天を仰ぎたくなるほど、おいしかった。表面がかりーっとしていて、口に入れるとふわーむにゅーとする。なんですかこれは。白子ってなんですか。精巣です。そうだった、精巣なんだった。でもかまわない、精巣だろうが睾丸《こうがん》だろうが脳味噌みたいだろうが。だってこんなにおいしいんだから。美肌にも、老化防止にもいいそうだから。

先だって、勇気を出して白子をついに買った。

水洗いしている段階で、ちょっとくじけそうになった。だって何かの筋でつながっているのだ。この筋、鶏《とり》のささみに付いているような筋かと思い、取り除こうとすると、身が割れそうで心許《こころもと》ない。でもなんとか筋をとり、洗い、水気を拭《ふ》き取ると、やっぱりなんか異様にかさが多い。いや、これが鶏肉なら、豚肉なら、あるいはカレイなら、鰤《ぶり》なら、ぜんぜん多くはないのだが、白子っていいっぺんにそうそうたくさんは食べられないものだ。まずはムニエルの再現だと思って買ったのだが、このぶんだと、ムニエル五人ぶんはゆうにできてしまう。

ひとりぶんに取り分け、塩、胡椒《こしょう》し、小麦粉をはたき、多めのオリーブオイルで焼いた。バルサミコ酢と醤油《しょうゆ》でソースを作る。

このムニエルがなんとまあ、うまいことである。今まで脳味噌みたいと連呼して買わずにいたなんて、馬鹿《ばか》だった。後悔するくらい、おいしい。ソースを付けてもおいしいが、付けずにかりかり感を重視しても、おいしい。

翌日は、残った白子で白白鍋にした。小鍋に豆腐、葱《ねぎ》、白菜、油揚げ、白子を入れて、出汁と豆乳で煮る。おお、白い白い。ついでにもっと白く、と大根おろしも入れてしまう。最後にあさつきを散らし、白白鍋完成。

これを、塩や、塩ポン酢といった白い調味料で食べる。塩ポン酢は当然のごとくうまいが、塩だけでも充分おいしく食べられる。

でも、正直を言うと、二日食べてもまだ冷蔵庫に残っているのだ、白子。白子って冷蔵保存でどのくらい持つのか？　今日はどうやって食べるべきか？　白子慣れしていない私はくよくよと考えている。白子上級者にしたら、あわれなくらい馬鹿馬鹿しい悩みであろう。

とりあえず五年後には、私も白子上級者になれるよう、がんばってみます。また買うぞ、白子。

あなた色に染まるしらたき

しらたきについて、何か考えたことがありますか？ ほとんどないと思う。しらたきって、あんまり人に何か考えてはもらえない食べものだと思う。白いし、細いし、味にはなんの主張もないし。「何がなんでもしらたきが食べたい」と、思うことがそもそもない。

肉じゃがには、しらたきを入れる派と入れない派がある。と、書いてはみたが、「派」というほど強烈なことでもない。入れてもいいし、入れなくてもいいのである。私の実家はしらたきの入らない肉じゃがだった。だから私も長らく、しらたきを入れない肉じゃがを作っていた。けれどあるとき、なんとなーく入れてみっか、と思い、入れてみた。おお、しらたきを入れると……！　というような発見はなく、入れてもいいし、入れなくてもいいか、というような結論になった。

なんだか気の毒な食べものであるが、しかし、こんな頼りないしらたきでも俄然《がぜん》威力を発揮することがある。私の今までの人生では、しらたきの威力を思い知ったことが、二度、ある。

一度目は高校生のとき。中学二年生のときから猛然と太りはじめた私の、体重のピークは高校二年生のときだった。女子校だったし、他校に好きな男子もいなかったので、自分史上最高に太っているという事態に、焦《あせ》りも困惑もさほどなかったのだが、それでも、思春期女子として、痩《や》せたいナ、とは人並みに思っていた。痩せたいナ、と思いながら、カツカレーやドリアの朝食を食べ、痩せたいナ、と思いながらかっぱえびせんやカールを午前中の休み時間に食べ、痩せたいナ、と思いながら人よりでかい弁当を食べ、痩せたいナ、と思いながら学校帰りにドーナツを食べ、痩せたいナ、と思いながら帰宅後にピザパンを食べ、痩せたいナ、と思いながら夕食をばくばくと食らっていた。ダイエット法のひとつに、痩せた自分を思い描くイメージトレーニングというものがあるが、脳味噌《のうみそ》のぜんぶを使って痩せた自分を思い描いていても、それだけ食いまくっていれば、ちゃんと痩せないのである。どころか、太り続けていくのである。

陸上競技会という大会が毎年あった。いろんな種目があり、そのいろんな種目には有志や選抜された人が出場すればいいのだが、全員参加しなくてはならないものもあった。たとえば五百メートル走とか。その年、走る私を見て友人たちが賞賛してくれた。「すごい、走れるんだねー」と言うのである。「思ったよりぜんぜん速いねー」と言うのである。

いつも何か食らってころころに太っている私が、走るなんてみんな想像もつかなかったのであろう。えへへ、なんて笑いながら、やっぱ痩せよう私、とひそかに決意した。

ダイエットをはじめる旨《むね》、母に宣言すると、食べないダイエットはぜったいによくないと母は強く言い、私の食事だけダイエットメニユウにしてくれた。わかめサラダとか、豆腐料理とか、野菜の煮物とか、そうしたものばかりが並ぶわけだが、私はそのどれもを好きになれなかった。結局、ダイエットメニユウは一日二日でやめてもらったのだが（書くだに情けない）、一品だけ、すばらしくおいしいメニユウがあった。しらたきとたらこを炒《いた》めたものである。しらたきは主張がないからたらこの味がダイレクトにし、なおかつしらたきのあのもきもきした食感がすばらしい。

あまりにおいしかったので「私はこれを主食にして痩せる」と決めた。そして母は毎日のようにたらこスパゲティならぬたらこしらたきを作り続けてくれたのである。弁当にもよく入っていたなあ。しらたきってこんなにもおいしいものなんだ、と私は目が覚めるような思いであった。おいしいのはたらこなのかもしれなかったが。

結果的に言えば、たらこしらたきを食べつつほかのおかずも食べ、かつ間食もやめなかった私は痩せることなく、そのうち母も私もたらこしらたきに飽きるのだが、それでもこの期間は、私としらたきの、人生初の蜜月《みつげつ》であった。

たらこしらたきが食卓から消えると、また私にとってしらたきはどうでもいい食材に成り下がる。そうして二十年以上の歳月を経て、しらたきとの蜜月はふたたびやってくる。

今、私はしらたきを愛している。しらたきの威力を再確認したきっかけは、自宅で作ったすき焼きである。

今までも、すき焼きをするときにはしらたきを入れていた。でも、なぜ入れるのか今ひとつわかっていなかった。すき焼きの主眼はあくまでも肉であり、しかもしらたきは、肉の隣に入れると肉が硬くなると言われている。私にとってしらたきは、「入れるべきものと決まっているから入れているが、肉の邪魔をする厄介もの」的な立場にあった。

それがあるとき、気づいたのだ、しらたきのないすき焼きはすき焼きにあらず！と。肉が豚でもいい、鶏《とり》でもいい、でもしらたきはしらたきとして、なくてはならん。

理由はない、突然目覚めたのだ、すき焼きのしらたきのうまさに。

今まで、ともに鍋《なべ》をつつく人が肉を多めにとると、かちんときていた。そんな私は若かった。今では、しらたきをゴボッととっていく人を、ついにらんでしまうのである。大人になったなあ……。

しらたきが好き、というよりは、しらたきに絡《から》んだたらこが好きだったのであり、しらたきに染《し》み入った肉の脂《あぶら》が好きなんじゃん、などと指摘しないでください。そんなふうにかんたんに、いろんなものに染まってしまうしらたきの柔軟性をこそ、私は愛しているのです。

豆腐の存在価値

肉と油を激しく愛する私にとって、豆腐というのは、その存在価値がまったくわからないしろものであった。

いったいなんのために豆腐というものがあるのか。麻婆《マーボー》豆腐や味噌汁《みそしる》の実としての素材ならば、まあ、わかる。その存在を認めよう。しかし、冷や奴《やっこ》。湯豆腐。こういう、豆腐をただ切って冷やしたりあったためたりしたものを、献立のひとつとして扱うのはどうか。しかも、あんな味も素っ気も脂気《あぶらけ》もないものを、だれが好んで食すのだろう。

あれだな、冷や奴、湯豆腐というのはつまり、手抜き献立として重宝されているのだな。食卓がさみしいとき、もう一品作るのは面倒くさいな、あ、豆腐がある、あれならすぐできる、というためにだけ、そうしたものがあるわけだな。と、思っていた。

ところが、冷や奴、湯豆腐というのは、居酒屋のメニュウにも堂々とのっている。そんな、切られただけなのに、肉じゃがとか南瓜《かぼちゃ》コロッケとかモツ煮込みとか、手の込んだものといっしょにメニュウに顔を出しているなんて、なんか許せん。しかし、この、冷や奴、湯豆腐を、かならず頼む輩《やから》がいる。なぜ？　と、いつも不思議だった。だって豆腐ですよ。しつこいようですが、切って冷やしたりあっためたりしただけの。なぜそんなもの、わざわざ店で？

あまりにも不思議なため、私は勝手に結論を出した。居酒屋で冷や奴、湯豆腐を頼む人ってのは、カロリー制限の必要な持病を持っているか、もしくは「私はさっぱりした性質なんですの」とアピールしたいかのどちらかだ！　という、ずいぶん乱暴な結論を。

豆腐好きイコールさっぱりした性質、というのもずいぶんな偏見だが、でも、「好物は肉」と言うとなんだか獣じみて野蛮な感じがするのに対し、「好物は豆腐」と言うと、何か上品で清潔で、心まで白い、というようなイメージはないだろうか。私にはある。やっかみかもしれん。

そんなわけで、居酒屋で、冷や奴や湯豆腐がテーブルに並んでも、私は箸《はし》を付けなかった。目すら合わせなかった。

こんな具合に、私からずいぶんと理不尽な冷遇を受けてきた豆腐である。存在価値をまったく認められていなかった豆腐である。

去年の冬、小鍋《なべ》（ひとりぶんの鍋ができる土鍋）をもらった。ひとりで鍋をしたいと思わなかったので、この小鍋で何を作ろうか、としばし考え、ま、湯豆腐でも作ってみっか、と思い立った。湯豆腐なんてちっとも好きではないが、その鍋の大きさで作れるものが、ほかに思い浮かばなかったのである。

昆布を敷いて切った豆腐をそっとのせて沸騰《ふっとう》しないように煮る。豆腐がゆらりゆらり揺れはじめたら火を止めて、ポン酢で食す。

そのとき、ある衝撃が全身を走り、私は宙を見つめたまま箸を取り落としそうになった。

う、うまい。

豆腐が、ずっと小馬鹿《こばか》にしてきた、存在価値を認めていなかったこの白い、ふるふるした食べものが、う、うまい！　うますぎる!!

私はうろたえた。だってそんなにおいしいなんて、予期していなかったのだ。単なる小鍋利用の一環でしかなかったのだ。なのに豆腐はおいしかった。つるーっとあたたかくて、かすかに甘くて、その甘みをポン酢が引き立てている。いや、ポン酢がなくたってうまいくらいだ。

私は豆腐を食べながらせわしなく考えた。

豆腐をうまいと思う、これは加齢だろうか。食の好みが変わったんだろうか。とはいえ未《いま》だに私は毎日焼き肉だっていいと思うくらい肉嗜好《しこう》である。が、肉もうまいが豆腐もうまい。この土鍋がいいのだろうか。あるいは図らずもすばらしい豆腐（肉で言えば松阪牛級の）を買ったのだろうか。ぐるぐると考えたが、しかし豆腐のうまさがそれらの思考をストップさせ、「まーいーや、おいしいんだから」と、私は豆腐を食べ続けた。

その夏、冷や奴もずいぶん食べた。冷や奴は、おかか葱生姜《ねぎしようが》、という定番も、しらす葱、という変形も、キムチキュウリ、という韓国風も、ラー油ザーサイ葱キュウリ、という中華風もおいしいが、シンプルに、塩のみで食べてもうまいと発見した。この肉と油にまみれた私が、豆腐に塩という、白×白の食べものをすすんで食べるようになるとはねえ……と、じつに私的に感慨深い。

今年も湯豆腐の季節である。店に並ぶ豆腐を見ても、「味も素っ気も脂気もない白い物体」とは思わない。なんて美しい食べものだろうと唾《つば》を飲み込む。そして胸の内で深く謝罪するのである。今まで存在価値を認めずにごめんなさい。あなたのすばらしさ、唯一無二《ゆいいつむに》感に気づかずにごめんなさい、と。豆腐は私を責めない。責めないどころか、四十年も馬鹿にしてきた私にも、静かに豊饒《ほうじよう》を味わわせてくれるのである。

スター・ブロッコリー

野菜嫌いでまったく食べなかったころは、ブロッコリーを見もしなかった。もちろん名前は知っていたし、調理法だって知っていた。でも、自分には一生縁がない野菜だと思っていた。

三十歳を過ぎて野菜を食べるようになったころ、母親が、ブロッコリーのたらこマヨネーズソースをやたらに献立に加えるようになった。とはいえ私たちはいっしょに暮らしていなかったので、どちらかの家に遊びにいったときの夕食に、母がそれを出すわけである。茹《ゆ》でたブロッコリーに、たらことマヨネーズを和《あ》えたものを添えた、料理とも言えぬかんたん料理。

三十過ぎの成人娘にそういう行為もどうかと思うが、しかし母は母で、私が野菜を食べるようになったその隙《すき》に、ブロッコリーも好きにさせようと企てていたのかもしれない。たらこは私の好物だったから。母の企ては成功し、私はブロッコリーを（たらこソースがあってもなくても）食べるようになった。

しかし食べるようになったというのは、好きになったとイコールではない。食べるには食べたが、心情的にブロッコリーと私はいっさい縁のないままだった。

その縁のなさを自覚していると、どういうことが起きるかというと、ブロッコリーを使った料理を、作りまくるのである。これは不思議な心理である。

苦手な友だちがいて、でも、苦手だと思うことに罪悪感を覚えるあまり、ほかの友だちよりもっと親しくしてしまう。そんな感じ。

風呂《ふろ》が嫌いで、でも、入らなくなる危険性があるから、本を持ち込みふつうの人より長く入ってしまう。そんな感じ。

克服とも違うし、必要性とも違う。なんか申し訳なくて……というのが、いちばん近い。

件《くだん》のたらこソースも作るし、蒸してアンチョビソースというのもある。鍋《なべ》でコンソメと茹で、そのままつぶして牛乳を加えるかんたんポタージュ。ポテトサラダにブロッコリーをつぶして入れる。ブロッコリーと海老《えび》と茹で卵をマヨネーズで和えたサラダ。ツナマヨをのせてチーズで覆《おお》って焼くかんたんグラタン。メインおかずならば牛肉とオイスターソースで炒《いた》める。ソーセージとスパイスで洋風に炒める。フライにする、フリッターにする。

幾度かうちの宴会にきてくれた友人は、毎回ブロッコリーが登場するので、よほどブロッコリーが好きなのだろうと思っていたらしい。違うんだけどねえ……。なんか申し訳ない……と思いながら、続けざまに食卓に登場させ、登場させるたびに「ああ、やっぱり縁がない」と、思い知る。食べても食べなくてもかまわない。すごくおいしいとは思えない、ということである。縁がないというのはつまり、ブロッコリーの調理法は無限にあるし、白菜や大根のように淡泊というわけでもないのに、どんな素材とでも、どんな調味料とでも、とりあえず合ってしまうというのに、そのどんな素材とのどんな調味料とでも私は「すごく好き」にはなれない。はじめてのブロッコリーをたらこマヨの味で乗り切ったように、ポテトサラダならポテト味で乗り切るし、牛肉炒めなら牛肉味で乗り切るし、フリッターなら衣味で乗り切るのだ。

しかし、最近、私とブロッコリーの仲に、変容が起きている。まるでなかった縁が、芽生えようとしている。

きっかけは弁当である。

夕飯の残りを捨てるのがもったいなくて、仕事場に弁当を持参するようになったのが、三カ月ほど前である。はじめてみればなんとなくたのしくて、作り続けている。

最初は、「自分で作る弁当なんて、中身も味もわかっていてつまらないのでは」と思っていたが、そんなこともない。ちゃんと作ろうと思うと、夕飯の残りではすまなくなり、ちゃんと弁当用のおかずを前日に下ごしらえするようになった。

弁当生活になってから気づいたこと。それは、ブロッコリーは弁当界のスターである、ということだ。

日本の弁当というものは宿命的に「真っ茶色」を背負っていると思う。唐揚げ、ハンバーグ、煮物、魚の照り焼き、生姜《しようが》焼き、みな真っ茶色。卵焼きで黄色くしても、華やかさに欠ける。かくいう私も小学生時代（覚えていないが）母親に、「ほかの子のお弁当はもっときれい」と言ったらしい。そうして母は負けじと、以来十二年間、彩《いろど》りに細心の注意を払って弁当を作るようになった（と、私が成人したのちに、いじましく幾度も幾度も、幾度も幾度も幾度も言われた）。

そう、世の多くの弁当の作り手が、弁当真っ茶色の宿命から、のがれようと苦戦しているのである。そこで活躍するのがブロッコリーなのだ！

自分で作るようになってから気づいたのだが、アスパラは弁当に入れると、緑色がなぜかあせる。茶色に埋没する。キャベツも炒めればかぎりなく茶寄りになるし、レタスはレタスのみでおかずにならない。ほうれん草は緑が保てるが、ごまよごしにすれば茶系になっていくし、ソテーにするには少々面倒。大根葉や小松菜を、じゃこや油揚げと炒めたものはごはんにたいへんよく合うが、やっぱりこれもなぜか地味色になる。

そこでブロッコリー。ブロッコリーで手の込んだおかずを作ろうとするとたちまち茶色じみてくるが、しかしたとえば少量のバターとともにレンジでチンしたものなどは、さえざえと鮮やかな緑で、弁当に加えると、ぱあっと茶色い大地が華やかになる。卵の黄色も俄然《がぜん》、生きてくる。つまり、手を抜けば抜くほど、ブロッコリーは美しくそこに在るのだ。偉大なり、ブロッコリー。

以前とは異なる意味で、私はブロッコリーを多用している。弁当の立役者に感謝することで、かつてなかった縁がうまれつつあるというわけだ。

とくべつな記憶

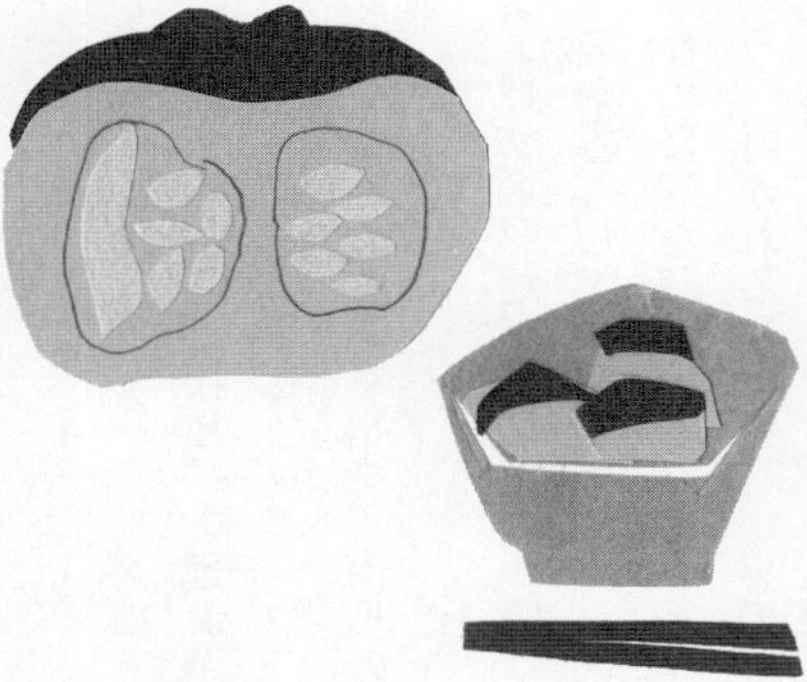

せつなさと滑稽《こっけい》と南瓜《かぼちゃ》

南瓜に対してとくに思い入れがあるわけではないんだけれど、なぜか、南瓜には、とくべつな思い出がある。

ひとつは、十九歳のとき、そのとき交際していた恋人の下宿で、南瓜の煮物を作った思い出。

こう書いてみると、フーンというようなエピソードだが、私のなかではじつにシュールな記憶である。まずそのときの私は、実家暮らしで、料理などいっさいできなかった。米すら研《と》いだことがなかったのだ。なのに、なぜ南瓜の煮物など作ったのか。もちろん、その恋人に好かれたいためだろう。好かれるには料理、男の好きな料理といえば南瓜、と思っていたのだろう。

でも、南瓜の煮物だけ作って、ありがたいと思われるはずなんか、ないじゃん、と今の私なら十九歳の小娘に言うであろう。好きな男の子に何か煮物料理を作ろうと思うのなら、肉じゃが、もしくはロールキャベツ、無難なところで煮物じゃないがカレー、つまり、ごはんのおかずじゃないとだめ、南瓜単体じゃごはん食べられないでしょう、そんなもの若い男子はよろこびませんよ。と、言うであろう。

十九歳にはそういうことがわからなかった。そして、米も研いだことのない小娘の作った南瓜の煮物がどんな味であったか、想像したくない（味見していない）。

もっとシュールなことに、そのとき、下宿には恋人はいなかった。私は恋人にもらった合い鍵《かぎ》でその部屋に入り、南瓜を煮たのである。あ、違うかも。遊びにいったものの、恋人は用事があって、彼だけ出かけ、私はそこで待っていたのかも。ともかく、私はひとりだった。そうして恋人は帰ってこず、私は南瓜の煮物を鍋《なべ》に残して、帰ったのだった。それはつまるところ、恋愛の終焉《しゅうえん》を意味している。だって恋愛の最中なら、男の子が恋人をひとりになんかさせるはずがないのだ。だから私は、生涯はじめて作った南瓜の煮物の行く末——食べてもらえたのか、捨てられたのか——を、知らない。

当然のことながら、米も研いだことのない小娘の作った南瓜などで恋人の気持ちをつなぎ止めておけるはずもなく、その後しばらくのちに、私はふられた。でもきっと、あれが肉じゃがでもロールキャベツでもカレーでも、はたまた私がどれほどの料理上手であっても、ふられただろうな。そういうものだ、恋愛の終焉というのは。

もうひとつの記憶は、はじめてオーブンレンジを買ったときのことだ。そのとき私は三十歳。このころ急に仕事がなくなったのと蓄えが尽きたのとで、半年弱アルバイトをしたのだが、そのアルバイト代でオーブンレンジを買ったのだ。それまではあたため機能のみのレンジしか持っていなかった。

オーブンを買ったと聞いた母が、料理を教えるといってすぐに私の住まいに遊びにきた。このとき母といっしょに作ったものが、しめ鯖《さば》とイカめし、それから南瓜のグラタンだった。

母の定番料理のひとつに、南瓜に鶏挽《とりひ》き肉と野菜のみじん切りを詰めて蒸し、ケーキのように切ってあんをかけて食べる、宝蒸しというものがあって、私はたぶんそれを教えてほしいと言ったのだが、面倒だったのか目新しいものを作ってみたかったのか、宝蒸しではなく、グラタンにしようと母が言ったのだった。

南瓜の上部を切り取って、中身をくりぬき、そこに海老《えび》とマッシュルームのグラタンを詰め、チーズをのせて焼く、というような料理。まさに、オーブンがなければできない料理である。

このときのことが、なぜとくべつな記憶になっているかといえば、これらの料理を作るための買いものの最中に、母とちょっとした喧嘩《けんか》をしたからである。

母が、私の買いものにいちいち、そうじゃないとかそれは間違っているといった否定的コメントをよこすので、いらっとして、「私には私のやり方があるんだから口を出さないでほしい」というようなことを、言ったのだった。強い口調で言ったわけではないのだが、母は思いの外《ほか》、傷ついたらしい。母は傷つくとくどくなる。「そうか、そうよね。もうひとり暮らしが長いものね。自分の方法があるわよね」といじましく言い募り、料理を教えている最中もくりかえしていた。そうしてその日、料理を作るだけ作って、ほとんど食べずに帰っていったのだった。

しかたなく私は友だちを呼んで、しめ鯖とイカめしと南瓜のグラタンで酒を飲んだ。

そうして母はその後もねちねちと「あのときあなたは自分には自分のやり方があるって言ったのよね」と十年近く言い続けたのだから、本気で傷ついたんだと想像する。年齢的に遅いのは承知だが、あれは私の無意識なる親離れ宣言だったのだろうし、母にしてみれば娘からの子離れしてよ宣言だったのだろう。

そんなわけで、その日の、宝蒸しではない南瓜グラタンは、とくべつな記憶なのである。

こうして思い出してみると、二つの南瓜の記憶は、なんだかせつないながら、どことなく、滑稽でもある。その「せつないながら滑稽」って、ほくほくと甘くてやさしい南瓜の味と、なんだか似合っているようにも思えてくる。

ふと思い出したが、魚喃《なななん》キリコさんの漫画『南瓜とマヨネーズ』（宝島社）も、せつなくて滑稽な、忘れがたくいい漫画だったなあ。機会があれば、ぜひ読んでみてください。

昭和キャベツ

キャベツってその存在がすでに天才だと思う。

野菜嫌いの私でも、子どものころから馴染《なじ》んでいたキャベツ。どんな料理にもするりと入って、自己主張せず、何風の何味にでも自身を変えるキャベツ。それでいて、無個性ということもなく、ほかのものとは代用がきかないキャベツ。

もしこの世からキャベツが消えたら、同時に消滅する料理のなんと多いことだろう。ロールキャベツがなくなり、回鍋肉《ホイコーロー》がなくなり、お好み焼きがなくなり、野菜炒《いた》めがなくなり、コールスローがなくなる。そればかりか、べつに主役でもなんでもないが、焼きそばやポトフだって、キャベツがないなら作りませんという人はいるだろう。豚カツも、きっと今より格段に人気は落ちるはずだ。キャベツのない世界の、なんとさみしくみじめなことか。

が、そこまで各国料理に使われ続けているキャベツだが、グローバルという言葉と相容《あいい》れない垢抜《あかぬ》けなさがある。ミネストローネで活躍しようがアンチョビのパスタで重要な位置を占めようが、でも、キャベツって平成っていうより昭和のほうが断然似合う。それはどことなく、キャベツが貧乏くさいからではなかろうか。

いや、貧乏くさいのはキャベツ自身の資質ではなく、貧乏食といって想起されるもののなかに「キャベツ」は歴然として在る、ということなのだが。

私のバイブルでもある藤子不二雄先生の『まんが道』という漫画に、まさにそのようにしてキャベツが登場する。故郷富山から上京した満賀《まが》道雄と才野茂が、親戚《しんせき》の家を出てトキワ荘でともに暮らしはじめる。共同キッチンで作る彼らの食事に、キャベツはじつによく登場する。引っ越した一日目に、もう大量のキャベツを刻んでいるくらいだ。

私はこの漫画ではじめて、キャベツの味噌汁《みそしる》というものを知り、以来、よく作るようになった。キャベツが昭和的、という感想は、この漫画の影響でもある。

しかしキャベツが、というより、貧乏が、こんなに魅力的に描かれている作品もそうそうないんじゃないかと思う。好きなことをやるためならば、おかずがキャベツ炒めだけだっていいのさ、というすがすがしさ。ここで描かれるキャベツには、夢と未来と希望と可能性が詰まっている。

このキャベツが同様に安価なモヤシだと、微妙にニュアンスが異なるだろうと思う。パンの耳でも、おからでも、やっぱり違う。キャベツの、あのわしわし剝《む》いて、剝いても中身があるみっちり感と、莫大《ばくだい》な栄養価値と、腹持ちのよさ、それが合わさっていないと、貧乏のゆたかさは表現できないような気すら、する。

そういえば、たいへん昔の話だが、アメリカでキャベツ人形がはやったことがある。日本にもお目見えした。まったくかわいくないリアルな赤ん坊っぽい人形で、たしか、赤ん坊はキャベツから生まれると聞いて育った人が制作者だった。

葉っぱを剝いたら、そこに何かみっしりとしたものが入っている感は、夢と希望でも、赤ん坊でも、おんなじように思える。あの緑の葉っぱは、悪ではなく善、過去ではなく未来、空疎《くうそ》ではなく価値あるものをだいじにくるんでいるように、思えるのだ。だからというわけではないが、私は丸ごと一個のキャベツを使うとき、包丁で垂直に切ってしまうのが、あまり好きではない。いつも葉っぱを一枚一枚剝《は》がして使っている。

おもしろいことに、剝がしても剝がしても、キャベツはキャベツのかたちをしている。ほんっとうの最後、葉っぱ二、三枚になったって、あんなふうにくるーっと内側にまるまっているのだ。何かを守るように。まったくもう、かわいいったらない。

キャベツは年がら年じゅう冷蔵庫に入っているし、じつに多くの料理に用いるが、じつは私は千切りが大の苦手。豚カツ屋さんは針のように細い千切りキャベツを出すが、あれがどうしてもできない。やろうとすると、ものすごくスローな動きになる。けれど千切りというのはリズムがたのしいのであって、慎重に、ざーくー、ざーくー、とやっていたのではおもしろくもないし、料理の高揚がない。それでざくざくざくざくとやると、太くなるわ手を切るわ。

いっそ、千切りなんかいらない、レタスやベビーリーフで代用しようかと思うが、でもやっぱり、コロッケや豚カツやメンチカツやスコッチエッグには、千切りキャベツじゃなきゃだめなのだ。

千切りキャベツは、そのまま出すのと氷水に浸《つ》けるのと、もうぜんぜん味が違う。だから、揚げ段階のかなり前でキャベツは千切りしなきゃならないし、氷水に浸けなきゃならないし、ざるに上げて水を切らねばならない。そんなことも面倒で、ザ・面倒くさがりを体現した私のような人間は、たいていの手間を省いてヨシとしてしまうのだが、氷水はぜったいに省かない。

さて、不器用ながら千切りにしたキャベツと、大好物の豚カツを前に、しばし考える。もしここから豚カツが消え、キャベツだけが残り、それを毎日毎日食べ続けねばならなくなったとして、そんな日々でもやりたいことがあると言える、それって若いときにしか言えないことだよな。若いときに、すでにそうしたものに出合っていることが、しあわせなのかそうでないのか私にはわからないけれど、でも、とてつもなく強いことだとは思うのである。

原点ごぼう

ごく自然に買ってきて、ごく自然に使っているけれど、ごぼうってへんな食べものだよな。長いし細いし。土まみれだし。土の付いていないごぼうも売っていて、そちらのほうが確実に手間いらずなんだけど、どうしてか、買うとき、私は土付きを選んでしまう。流しであの土を洗い落とすのは、私にとってかなり面倒ポイントの高い作業のはずなのだが、面倒くさいと思う前にやっていることが多い。つまり、私はごぼう慣れしているんだろうな。

里芋慣れしていない私には、あの里芋の土を洗い皮を剝《む》くのははっきりと面倒な作業だし、ラ・フランス慣れしていない私には、あの奇妙にゆがんだ果実の皮を剝くのも、面倒ポイントの高い作業である。

しかし、ごぼうは慣れている。なんたって、二十六歳のとき、私が生まれてはじめて自作した料理は「ごぼうの八幡《やわた》巻き」なのだ！

二十六歳までちゃんと料理をしたことがなく、唐突に思い立って料理を覚えはじめた理由を、私はどこでも書いているしゃべっているから、くりかえしになるかもしれないが、一応書いておくと、その年で料理上手だった恋人と別れ、なおかつ、小説を書くのが（批判をされるのが）こわくなって小説が書けなくなり、一日何もせず過ごし、そのことに倦《う》んで、料理でもやってみるか、と思った次第である。一日何もしないうちに夜になって酒を飲んで眠るのと、一日何かしら料理を作るのとでは、後者のほうが、より生産的に思える。錯覚だとしても。

そんなわけで料理を覚えようと決意するのだが、さて、何から作ろうか。ひとり暮らしをはじめた際に、母親がくれた分厚い料理本をめくって私は考えた。

ふつう、初心者は難易度の低いものからはじめる。鮭《さけ》のムニエル、蒸し鶏《どり》、ハンバーグ、等々。けれど私は、うんとむずかしそうなものから作ろうと思った。そのほうが日々の生産性を実感できそうだったし、それに、うんとむずかしいものを最初に作れば、その後ほかの料理もマスターしやすいだろうと思ったのだ。

そしてその料理本のなかで、難易度がもっとも高そうなもの、として私が選んだのが、ごぼうの八幡巻きだったのだ。ごぼうを十センチほどに切って酢入りの湯で茹《ゆ》で、出汁と醬油《しょうゆ》を絡《から》ませて冷まし、生姜《しょうが》汁と醬油、酒で下味を付けた薄切り牛肉で巻き、酒、砂糖、味醂《みりん》、醤油で甘辛く煮付けた料理。

今思えば、難易度が高い、というほどでもないが、料理をまったくしたことのない私にとって「下茹で」とか「味を絡ませて冷ます」とか「下味を付ける」とか「焼きつつ、煮もする」といったいちいちが、たいへんなことに思えたのである。よし、これを作ってやるのだ！　見ていろよ！

そうして料理本どおりにはじめて作った八幡巻き、なんと、うまくできたのである。これがもし失敗していたら、私のその後の料理人生は大きく変わったと思うが、おいしくできたことによって、「料理本のとおりに作れば失敗はない」という信念が、刷り込まれた。それから私は小説を書かず、料理を覚えることに専念した。夕方になると買いものにいき、件《くだん》の料理本をめくって、シチュウを作りハンバーグを作り、餃子《ギョーザ》を作り鯖《さば》の味噌《みそ》煮を作った。三カ月で小説を書かない生活に飽きて、また、そろそろと書きはじめるわけだが、料理はやり続けた。今、曲がりなりにも私が料理好きなのは、はじめての八幡巻きが成功したからである。

私の母親の料理のレパートリーは多かったので、たとえば「思い出の味は？」と訊《き》かれると、返答に困ることが多い。母は私の好き嫌いをなおそうとせず、好きなものばかり作ってくれたので、なんだっておいしかったという記憶しかないのである。しかしながら、ぱっと思い出す母の料理には、ごぼうの入ったものが多い。たとえばごぼうとにんじんの天ぷら。翌日はそれを甘辛く煮詰めたものが弁当に入っていた。こうすると、にんじん嫌いの私もにんじんを食べたから、よく登場したのだろうなあ。ごぼうと豚の柳川風、もよく登場した。これはものすごくかんたんな、言ってみれば手抜き料理。土鍋《なべ》あるいは鉄鍋に出汁をはって、薄切りの豚バラ肉、大量のごぼうを重ねて、酒、醤油、味醂で味付けして、煮る。煮立ったら、三つ葉をのせて卵でとじる。かんたんなのに、たいへんおいしい。ごぼうとじゃこの炊《た》き込みごはんも、これまた、じつにかんたん。

そういえば、我が家ですき焼きをやったとき、友人が酒やつまみといった手土産とともにごぼうを大量に買ってきたことがあった。彼女は「手伝うよ」と、台所でごぼうをささがきにしはじめた。いったいなんに使うのかと訊くと、「え、すき焼きに入れない？　ごぼう」と言う。すき焼きにごぼうというのははじめてだったが、これが、じつに合うのである。彼女の家のすき焼きは、ごぼう入りだったんだなあ。

カレーにごぼうが合うことも、大人になってから知った。具を、豚バラ薄切り、れんこん、ごぼう、にんじん、里芋、と根菜ばかりにして、市販のカレールーを用い、最後に味噌をとき入れる。こうすると、カレーがいきなり和風根菜カレーになるのである。

長細いごぼうの土を洗い落とすとき、面倒なことに気づかないように、好きか嫌いかも意識したことはないごぼうであるが、じつは、私の料理好きの原点でもあるのだと思い出した。八幡巻きを作ったのは、なぜかあのとき一回こっきりであるが、今日あたり、また作ってみようかな。「こんなにかんたんなものを作るのに、あんなたいそうな決意が必要だったのか」と、びっくりするかもしれない。

加齢とわさび

子どものころはだれしも抜いて食べていたのに、いつのまにか食べられるようになっているのが、わさび。このわさび、年々、じわじわと、食材としての重要度を上げていくような気がする。

十代、二十代のころは、わさびなんて単なる調味料のひとつ、くらいにしか思っていなかった。その調味料が、醬油《しょうゆ》やソースほどに食材の味を左右するとも思っていなかった。醬油ひとつで料理の味はがらりと変わるが、わさびにそんな力があるはずもないと信じていた。当然わさびに興味もなく、わさび本体がどんな形状かも知らず、賞味期限の切れたチューブわさびを私は平気で使っていた。

だから、二十代のとき、年配の編集者に鮨屋《すしや》に連れていってもらい、彼が、「ぼくは鮨屋に入ってわさびが市販のもの（つまりチューブわさび）だと、何も頼まずにすぐ出ちゃうんだ」と言ったときは、心底びっくりした。え、じゃあなんならいいの？

なんならいいの？　とあわてふためいて訊《き》いたくらいだ。もちろん彼の連れていってくれたその鮨屋のわさびは、生わさびだった。

たぶんこのときだ、生わさびとそうでないものを私がはっきりと認識したのは。

とはいえ、もちろん私がその人を真似《まね》て、生でないわさびを出す鮨屋を以後信用しなくなった、ということはない。

しかし認識してみると、わさびは私のなかで、むくむくと存在感をもたげてきたのである。三十代になり、まわらない鮨屋にもいくようになると、客の絶えない鮨屋のわさびは百パーセント生わさび、ということもわかる。風味と味が、ぜんぜん違うことがわかってくる。まろやかで、あの独特の「つーん」感が奥ゆかしい。

そして三十代半ば、私は唐突に、わさび漬けに開眼する。

私の父親はわさび漬けが好物で、伊豆、熱海方面にいくと必ず買ってきた。もらうことも多かった。晩酌時になめるように食べるそれを、子どものころにちょこっともらって、「オエー」となって以来、己の人生にはかかわりないと信じていたわさび漬け。

六十代七十代が中心のメンバーと熱海の温泉に赴いた折、蕎麦屋《そばや》に入り、蕎麦前にわさび漬け、かまぼこ、卵焼き、天ぷらと注文し、ぬる燗《かん》でちびちびつまんでいたときのこと。私は例によってわさび漬けなど無視して天ぷら、卵焼きを中心にちびちびしていたのだが、七十代のひとりが、「これ、うまいから食べるといいよ」と教えてくれたのが、かまぼこにわさび漬けをのせ、醬油をたらりと垂らす食し方。あんまりおいしそうなので、私もやってみた。鼻、つーんに醬油の甘さ、そこへぬる燗。くうううう。父よ、これか、これだったのか。内々で嚙《か》みしめるように思った。酒を飲めるようにならなければ、いや、酒の味がわかるようにならなければ、到達しないステージだったのだね、わさび漬けは。

さらにその後、おいしいものの好きな女性編集者にやはり鮨屋に連れていってもらったところ、シメの巻物で、彼女が「わさびだけ巻いた海苔《のり》巻き」を注文した。はじめて食べたんだけれど、これがまあ、さっぱりとしておいしい。

その後、件《くだん》の老齢グループでまた温泉旅行に出かけたとき、七十代の元文壇バー女将《おかみ》が持参してきたのがこの、「わさびだけ海苔巻き」。旅館の部屋で飲みながらつまんだが、やはり、酒に合う。わさびだけ？　と最初は躊躇《ちゆうちよ》したけれど、知る人ぞ知る通海苔巻きなのだ、きっと。

その女性編集者に紹介された居酒屋で、わさび飯というのも、食べた。こちらは緑色のわさびではなく、西洋わさびで、白い。炊《た》きたてのごはんに、おろしたての西洋わさびをわーっとまぜたものを、醤油をチト垂らして、食べる。

これが、すごい！　鼻に、つーんどころではない、どどーんとくる衝撃、でもうまい、風味と辛みが口いっぱい鼻腔《びこう》いっぱいに広がって、うまい、うまい、でも調子にのってかき込むと、どどーんときて、涙が出てくる。

おいしいのと、衝撃的なのと、辛いので、私たちはフハフハフハと涙を流し笑いながら一気に食べた。

わさび飯、ジンギスカンのお店にときどきあって、見つけると注文しているが、あそこまで強烈なのはあんまりない。

わさびパスタ、というのもある。広尾にある、フレンチをベースにした創作料理の店で食べたのだが、なんと具がわさびと上にかかった刻み大葉だけ。わさびだけ海苔巻きと原理として同じ。シンプルきわまれりのおいしさ。

このレストランのシェフが、雑誌でわさびパスタの作り方を紹介していた。家庭用だからチューブわさびで可、とのこと。わさびと塩、無塩バターと昆布茶をまぜたものに、茹でたパスタを絡《から》めて刻み大葉を上にのせる。それだけ。

実際に作ってみたが、チューブわさびでもたいへんおいしくできた。

と、気づいてみれば、加齢に従って、じょじょにその存在を大きくしているわさびである。

先だって、熱海にいった帰り、わさび漬けを買った。ふと思い立ち、わさび漬け海苔弁を作ってみた。ごはんの上にわさび漬けを塗り、醬油を付けた海苔をその上に並べる海苔弁。

これはまずいです。不味《まず》い、ではなく、やばい、という意味のまずいです。飲まずにはいられない弁当になります。

豆よこんにちは

たぶん一生相容《あいい》れないだろうな、と思う食材があって、それは豆。納豆も枝豆も好きだが、大豆等の乾燥豆は昔から好きではなかった。まず味と食感がだめ、それから、豆好きってなんか偽善的な気がしてそれも好きではなかった。もちろん偏見であるが。さらに雨の日に一日豆を煮るような女のことを、私は好きではないだろう、とまで思っていた。

二年前のことである。知人が、毎食の献立に豆料理を加えていたら、自然と痩《や》せた、という話をしていて、ヨシ豆食うぞ、と決意し、大豆を買い、一晩水で戻し、翌日圧力鍋《なべ》で煮て、五目豆を作った。乾燥豆を買うのも水で戻すのも、煮るのも豆料理を作るのも、生まれてはじめて。

生まれてはじめてであるにもかかわらず、私には、その五目豆が完璧《かんぺき》に成功したことがわかった。甘いおかずが苦手なので、私好みに甘さも控えめで、きちんとおいしくできた。

が、残念なことに、そんなにおいしくできた五目豆でも、私は好きではなかったのである。「これはうまくできた、でもおいしいと私は思えない」と、私は心中でつぶやいた。「この五目豆がおいしくないのではなくて、豆を私は嫌いなのだ」と、思い知った。そのとき、二度と乾燥豆を買うことはないだろうし、豆料理を作ることもないだろう、と漠然と思った。豆よさようなら。

ところが、どういうわけだろう。今年に入って、仕事中、唐突に「なんか豆っぽいもの食べたい」と思った。豆っぽいもの、というのはつまり豆。でも、「豆食べたい」と思うには躊躇《ちゅうちょ》がありすぎて、「豆っぽいもの」という表現になったのであろう。

私は書きかけの原稿をファイルにしまい、「豆料理 レシピ」を検索した。まあ、あるあるある。サラダにスープに煮物に。豆の種類も、大豆ばかりか赤いんげん豆、金時豆、ひよこ豆となんて多いのか。カレーやスープでなく、もっと豆豆したものが食べたい、と思い、そう思っている自分にびっくりしながら、豆サラダを作ることにした。

その日、生まれてはじめて「金時豆」を買い、生涯二度目に豆を水に浸して眠り、翌日、生涯二度目に圧力鍋で豆を煮た。

ネットで見たレシピを参考に作った豆サラダは、金時豆にツナ缶、玉葱《たまねぎ》みじん切り、いんげん、プチトマトをまぜ、油＋酢＋塩、胡椒《こしょう》で味付けをする、じつにシンプルでかんたんなサラダ。

うまいじゃん。

食べてまず思い、またしてもそう思っている自分に、たまげる。

この私が、この私が、この私が豆をおいしいと思っている！

あまりにたまげたため、心中で言い訳までした。「おいしいと思うのは、ツナ缶が入っているからだ。つまりはツナ缶の油を私はおいしいと思っているのだ。ツナ缶が入っていなければとてもじゃないけど食べられないに違いない」と、長い言い訳を。

ところがあまりにうまかったので、翌日、お弁当にまで入れていく始末。

残った豆は煮汁ごと冷凍すべし、とあったので、その通りにし、翌週、鶏《とり》と豆のトマトスープを作ってみた。ニンニクと唐辛子を炒《いた》めて、鶏を炒めトマトを炒め、豆を入れてブイヨンで煮るだけのスープ。

ああ、またしても豆、うまし。

いや、鶏がうまいのだ。これが豆だけスープだったらとてもじゃないけど……（以下略）。

豆をぜんぶ使い切ると、しばらく豆のことは忘れた。そうして私は肉、肉、肉、ときどき魚、の今までどおりの生活に戻り、そんな自分に安堵《あんど》していた。

そうしてまたしても、豆欲がまたぞろわいてくるわけである。

豆食べたい。突然思う。あー豆食べたい。

しかしながら豆というのは、水に一晩浸《つ》けなければならぬらしいから、食べたいと思ってもその日に食べられない。その日は生涯二度目に大豆を買い、生涯三度目に豆を水に浸し、翌日、生涯三度目に豆を煮た。そうして作ったのは大豆ミネストローネ。前に作ったスープの、鶏肉をベーコンに替え野菜を増やしただけだが、やっぱりおいしいのだ。戸惑うくらい、豆、おいしいのだ。いや、でもこれはきっとベーコンが……（以下略）。

さらに、旭川に出張があり、おいしいとずっと聞かされていた居酒屋に、ひとり、飲みにいったのだが、そのとき出てきたお通しが、煮豆。

この煮豆が、豆だけなのに、豆だけなのに、べらぼうにおいしいでやんの。

おかみさんに作り方を訊《き》くと、「醤油《しょうゆ》と酢で煮ただけ」とのこと。「豆も醤油も酢も、気に入りのところのしか使わないから、おいしくできるのよ」とのことである。これ、食べはじめたら止まらなくて、イヤー困った。しかも今回は、鶏やツナのせいにできない。豆がおいしいんだもん。

もう降参することにした。私は豆好きになったのだ。四十歳を過ぎて体が健康食を欲しているのだ。もう認めよう。相容れよう、豆と。

ついこのあいだなんて、豆が食べたくて食べたくて、水に浸けて、なんてやっていられないくらい即食べたくて、水煮缶を買ってしまった。豆と、冷蔵庫に余っている玉葱とピーマンでかんたんサラダにしたら、こんな手抜きサラダでも、きちんとおいしくてちょっと感動した。もちろん豆は、自分で戻したほうが断然おいしいが、でも、豆に飢えているときは水煮で充分。

タイムマシンに乗って二十代の私に会いにいき、「あんた二十年後豆好きになるよ」と教えたら、「そんなことあるわけないじゃーん」と、そいつは肉を食らいながら笑うんだろうな。

全世界からすみ

からすみを大嫌いな人っているのかな。からすみって、日本三大珍味のひとつだけあって、独特な食感と風味だけれど、珍味のもうひとつ、このわたほどには「ウエー」感はないのではないか。好きな人と、どうでもいい（べつに食べなくともいい）人しか、いないのではなかろうか。

私は好きだ。からすみが好きだ。が、好きだといっても毎日毎日、ばかすか食べたいわけではない。薄切りにしたものを二枚三枚食べられれば、それで充分。からすみって、そういう食べものだという認識があるのだが、それは私が貧乏性だからだろうか。からすみ好きの非貧乏性の人は、一本の半分くらいぺろりと食べちゃうんだろうか。でもそれじゃ、鼻血が出るんじゃなかろうか。

私は自宅で夕食を食べるときは、赤ワインを飲むのだが、からすみと赤ワインははっきり言って合いません。自宅できちんとおいしくからすみを食べようと思ったら、薄切りにした大根にのせて、日本酒で食べるのがやっぱりいいんだと思う。そうして、蟹《かに》のときにかならずだれかが「蟹って無言になるよね」と言うのと同様に、かならず「ああ、大人になってよかった」とつぶやくのが、正しい食べ方だ。

と、ずっとそう思っていたのだが、イタリアを旅して驚いた。からすみがあるではないか。ボッタルガ、というらしい。レストランにはからすみ入りのクリームパスタも、塩味のパスタもあった。

市場で安いからすみを買って日本に帰り、さっそく真似《まね》してからすみパスタを作ってみた。安かったから気も大きくなり、ざくざく薄切りにしてクリームソースのパスタに入れる。これだけでじつに濃厚な贅沢《ぜいたく》パスタになる。

和でも洋でもいいのであるか、と思っていたら、今度は台湾でからすみに出合った。台湾でもからすみを食べるのか。

台北の迪化街《てきかがい》は、乾物屋、お茶屋、漢方薬屋などが、ぎっちり並んでいる商店街だ。私は一歩足を踏み入れるなり興奮針がレッドゾーンをふり切った状態になり、ふらふらと店に入っては試食品や試飲品を勧められるまま食べて飲み、値段をチェックして、お茶や干しエビやドライフルーツや調味料を買い漁《あさ》った。そして気づく。フカヒレとからすみを売る店が、ずいぶん多い。

フカヒレも好きだが、どう調理していいのかわからないからパス。私はそこだけバロメーターの針を正常値に戻し、じーっくりとからすみを見た。大きさも値段もまちまち。でも明記してあるのがありがたい。結局、真ん中あたりの値段を選んで買った。それだって、ずいぶん安いのである。

ちなみにこの迪化街であるが、その一角に霞海城隍廟《かかいじようこうびよう》という廟がある。なんでもここは、縁結びの神さまも祀《まつ》られているらしく、見ていると本当に、若い女の子がひっきりなしに訪れる。きっと縁結ばれ率が高いんだろうなあ。

唐墨と書くくらいだから、中国や台湾にあるのはわかるが、しかしイタリアは不思議だなあ、と思って調べてみたところ、イタリアばかりでない、ギリシャにもトルコにもフランスにもスペインにも、そしてエジプトにも、からすみは存在していた。旅したのに市場で見たことがないのは、たまたまだろう。日本では長崎産のものが貴重であるように、それぞれの国で、高級品とされる場所があるようだ。

世界的に食べられているのかと思うと、なんとも奇妙である。だっていったいどこのだれが「ボラ（あるいは、べつの魚）の卵巣を塩漬けにして、塩抜いて乾燥させよう」、なんて思いついたのか。

そうしてもっと奇妙なのが、「おいしい」感覚が共通であること。

日本三大珍味の、うにやこのわたを、ほかの国の人々がまんべんなくおいしいと思うとは思えない。台湾の臭豆腐も珍味の一種だと思うが、あれだって、ヨーロッパ人が好むとはとうてい思えない。ヨーロッパの青カビチーズだって、やっぱり人を選ぶだろう。

でもからすみは、まったく異なる食習慣を持つ全世界の人たちが、作り、食べている。その理由はただひとつ、おいしいから。すごいことである。

イタリア旅行でからすみに出合ってから、からすみには日本酒、との思い込みを捨てることにした。赤ワインはやっぱり合うとは言い難いが、白ワインやシャンパン、スパークリングワインにはたしかに合う。

知人にいただいたからすみが、今、我が家の冷蔵庫に鎮座しているのだが、先だって、ふと思いついて全世界パスタを作ってみた。

パスタを茹《ゆ》でているあいだに、ボウルに、納豆、じゃこ、ゴーダチーズ、粉末の梅昆布茶を入れてぐるぐるまぜ、オリーブオイルとほんの少しのバルサミコ酢を加え、醤油《しょうゆ》をちょいと垂らし、そこに茹で上がった麺《めん》を投入、ひたすらまぜて皿に移し、最後に、おろし器でからすみを盛大におろしてふりかける。全世界というわりに食材は限られているが、まあ、我が家の冷蔵庫にあった全世界なので、ご勘弁を。

言い換えれば冷蔵庫の残りものパスタであるが、たいへんにおいしかった。すごいなからすみ。

薩摩《さつま》揚げ故郷と薩摩揚げ宇宙

二十歳まで、一度も引っ越したことがない家で育った。しかも通っていた学校は小学校から高校までいっしょで、その十二年間で転校生は二、三人。それがどういうことを意味するかというと、他文化を知らないまま成人したということ。

私が進学した大学はマンモス校と呼ばれるほど人の多い学校で、当然、学生の出身地はバラエティに富んでいた。私はここではじめて、北海道や三重や大阪や青森や広島出身の人たちと知り合った。まったく勉強をせず高校を卒業した私は、友だちの出身地によって四国の存在を知ったくらいである（四国の方、本当にすみません）。

とはいえ、それだって二十年以上前とはいえ、一九八〇年代。関東圏とそれ以外と、そんなに違いがあったわけではない。お国言葉で話す人だってほとんどいなかったし、見て育ったテレビも聴いた音楽もいっしょだった。

そんななかで、他文化に触れる機会がいちばん多かったのは、食においてだと思う。

今でも覚えているのは、九州出身の子と居酒屋にいったときに、彼が、薩摩揚げをごくごく自然に注文したことである。「えっ、薩摩揚げ」と思わず口にすると「九州モンだケンね」と彼はふざけて答えた。

関東出身だと、薩摩揚げというとおでんや煮物というイメージしかない。いや、そんな狭いイメージを持っているのは私だけかもしれないが、ともかく、日常的に食べるものではない。さっとあぶった薩摩揚げを、わさび醤油《じょうゆ》で、とか、生姜《しょうが》を添えて、とか、そんな食べ方を、このときはじめてしたのではないか。おいしかった。煮物で食べるより風味ゆたかで歯ごたえがあって。

同時にこのとき、教室で机を並べるみんなが、私とはまったく異なる食文化と食習慣を持っていることに気づき、なんだかぽかんとした気持ちになった。すごいなみんな、とひそかに思った。だってたったひとりで知らない土地にやってきて、生活をはじめ、馴染《なじ》んだ食文化と馴染みのない食文化の狭間《はざま》で、それぞれが折り合いをつけているのだ。実家暮らしだった私は、このとき以来、真の意味でひとり暮らしの彼らを尊敬するようになった。かくいう私もその二年後、二十一歳のとき、実家を出てひとり暮らしをはじめるのだが、やはり食文化的には最初から折り合いがついていた。

その数年後、タイを旅行して、薩摩揚げにそっくりなものに出合った。こちらはちょっと辛くて、甘酸《あまず》っぱいスイートチリソースに付けて食べる。揚げたては最高においしい。トートマンプラーという魚のすり身揚げである。こうして異国で、自分たちの馴染んだものとよく似たものを見かけると、なんだかうれしくなってしまう。

料理をするようになって、薩摩揚げもトートマンプラーも作った。市販されている魚のすり身を使えばかんたんだが、とくに薩摩揚げは、魚を下ろしてフードプロセッサでミンチにしたほうが、やっぱり風味が違う。とはいえ、面倒で、数度しか作っていないけれど。

トートマンプラーは魚のすり身に、いんげんとチリペッパー、ナンプラーと酒、砂糖、片栗粉《かたくりこ》を入れて丸めて揚げる。失敗がなくて、辛いもの好きの私にはたまらなくおいしい。スイートチリソースも付けずに食べてしまう。

魚を下ろして作ったその数度の薩摩揚げは、作ってみたいから作っただけであって、おいしくはできたけれど、毎回作ろうとはやっぱり思わない。だって魚屋さんやデパートや、あるいは取り寄せ品で、おいしい薩摩揚げがすでにたくさんあるんだもの。

薩摩揚げをさっと焼く、あの若き日に食べた一品の、なんと便利なことか。忙しくて、でもおかず一品二品じゃさみしくて嫌で、なんかちょっとしたものがもう一品ほしいとき、最適な役まわりだし、友人たくさんを呼ぶ宴会でも、箸《はし》休め的に出しておくと案外よろこばれたりする。

それから弁当にもじつに便利。弁当生活になって気づいたことは多々あるが、「薩摩揚げは弁当に合う」というのもそのひとつ。何か「ああ、食べた」感があるし、野菜と炒《いた》めても煮ても、ごはんに合う。さめてもおいしいのもポイント高。

そして子どものころから食べつけている、おでん。おでんの薩摩揚げはやっぱりおいしい。紅生姜《しょうが》の入った生姜天が好きだ。

ごぼう天、じゃこ天、野菜天、たこ天と具材を組み合わせていくと果てしなく広がる薩摩揚げ宇宙。

薩摩揚げを食べるとき、居酒屋で薩摩揚げを注文した男の子をいつも思い出す。

そうして、十八歳で馴染んだ食生活を離れて都心にたったひとりで引っ越してきた彼らが、薩摩揚げにしても、刺身にしても、米にしても、卵にしても、豆腐にしても、野菜にしても、故郷のもののほうがずーっとおいしかったろうに、東京のそれぞれに苦心して馴染んでいったのだなあと今さらながら思いを馳《は》せ、やっぱり尊敬の念をあらたにするのである。

納豆バロメーター

日本で暮らしている外国人に会うと必ず「和食で食べられないものは何」と質問する人がいて、そういう人は彼ら外国人が「納豆」と答えるのを、すでに期待している。納豆ウエー、臭くてねばっていてウエー、と外国人が顔をしかめると、うれしそうに笑ったりする。なんでだろう？

あんなの、食べつけない人はウエーに決まっているではないか。外国人どころか、関西の人だって食べられない人が多いのだ。まったく訊《き》くまでもないと思うのだが、しかし時折、「納豆大好き」と言う順応性の高い外国人もいる。そうすると件《くだん》の質問者たちは「えー、納豆食べられんのー」とまたまたうれしそうにびっくりする。あんなの、しかしよく好きになるよな。

と、さんざん「あんなの」呼ばわりする私であるが、納豆が食べられないかというと、いやもう、好きも嫌いも考えたことがないくらい、しょっちゅう食べる。ものごころついたときから納豆は朝の食卓にあり、臭いとかねばるとかにおうとか、考えたこともなかった。におわなっとう、という商品名の納豆が出たときはじめて、「納豆って一般的には臭いとされているのか」と、びっくりした。白いごはんをおかずで食べるのがあまり好きでなかった私には（つまりふりかけ系がないと食べられない）、納豆はごはんの消費にたいへん助かる一品であった。

私んちの納豆には葱《ねぎ》と卵の黄身だけが入っていて、それを好きも嫌いも考えることなく、ひとり暮らしをするまで朝ごはんが和のときは食べ、日本じゅうの人がこうして納豆を食べているのだと無意識に信じていた。日本全国、老若男女《ろうにゃくなんにょ》あまねく、葱と卵の黄身入り納豆を朝食べている、と。

納豆のことを思うにつけ、高校を卒業するまでの自分が、いかに狭い世界に住んでいたかを思い知る。

大学生になると、全国各地の出身者に出会うことになる。納豆を食べない人がいると十八歳で私ははじめて知った。そういう人たちは、朝食に出されても残してきたのではなく、そもそも朝食に納豆は登場しない家庭で育っている。和食でも納豆の登場しない家庭というものが、あるのである。

十八からこっち、納豆というのは私の世界の広がりバロメーターにもなった。世界が広がるということは、生まれ育った家を出て、未知があふれる大海へと身ひとつで乗り出し、父や母が教え込んだ常識がイコール世界の規範ではないと知り、彼らがさらに教え込んだ道徳のバリアを蹴破《けやぶ》り、新たな常識や道徳をみずから作り上げていくことだと、私は思っている。

葱も卵も入れない人がいる。納豆のねばりを重要視する人がいる。葱入れず、卵は白身ごと入れる人がいる。定食屋・居酒屋には、まぐろ納豆とかいか納豆という、おかずに納豆をプラスしたメニュウがある。そして、納豆の嫌いな人がいる。

さらに。友だちが納豆スパゲティの作り方を教えてくれる。納豆炒飯《チャーハン》の作り方を教えてくれる。納豆オムレツの作り方を教えてくれる。味噌汁《みそしる》に入れてもおいしいと教えてくれる人がいる。某チェーンのカレー店で納豆カレーを頼む人を見かける。蕎麦屋《そばや》に納豆蕎麦たるメニュウがあるのを知る。油揚げに納豆と刻んだ梅干しをまぜたものを詰めて焼く、そんなおかずがあると知る。納豆に、いかと柴漬けとたくあんと葱と卵をのせる超豪華五色納豆なるものがあるのを知る。そして、どんな料理にしても納豆の嫌いな人が、ちゃんといる。

私はおそるおそる自分内納豆常識を破る。葱を刻むのが面倒で、入れない。卵の白身を捨てるのがもったいなくて、卵を入れない。でも、納豆はちゃんと納豆である。

それに、考えたことなかったけど、おいしい。納豆にキムチを入れてみる。おいしい。しらすを入れてみる。おいしい。タレではなく塩で作ってみる。おいしい。夜、納豆を食べてみる。夜に食べたほうが筋肉作りにはいいのだと言う人がいる。納豆が筋肉を作るなんて！　ごはんにのせず、二日酔いの朝、納豆だけ食べてみる。なんか二日酔いが楽になった気がする。そして、依然として、納豆の嫌いな人は、いるのである。ああ、なんて世界は広いのだろう。そして、納豆ってなんて自由なんだろう。

今までは気づかなかった、自分の納豆趣味も大人になってからわかった。私は小粒納豆がいっとう好きで、挽《ひ》き割り納豆も大粒納豆もじつはあんまり好きではないのだった。

さらに、いろいろな納豆料理を教わるたびに作ってみたけれど、納豆スパゲティだけは、どうしてもおいしいと思えない。納豆炒飯はわりあいにうまく作れていると思う。炒飯の場合は、フライパンに油を熱し、最初に納豆を入れてかたちを崩さず、両面ちょっぴり焦《こ》がすと香ばしくなっておいしいのである。納豆炒飯を作ったあとは台所じゅうになぜか腋臭《わきが》のにおいが漂うのが玉に瑕《きず》だが。

私、学生のころ、好き嫌いが激しくて、野菜をほとんど食べなかったのだが、友人たちはそんな私になんとか野菜を食べさせようとしていた。でもね、私はいくら納豆がおいしくて健康にもよくて二日酔いにまできくからといって、嫌いな人に薦めようと思わない。だって納豆って、世界的に見てやっぱりへんな食べものだと思うのだ。

そう、納豆が「へんな食べもの」らしいと知ったのも、世のなかという大海に出てからのこと、なのである。

私のごちそうさまレシピ　本文中に出てきたレシピを紹介します

れんこん団子 （169ページ）

材料（2人分）
れんこん　100g
鶏ひき肉　200g
しいたけ　2本
長ねぎ　5cm
鶏がらスープの素　適量
塩　適量
あん
　A　だし汁1カップ／醤油大さじ2／味醂大さじ1／酒大さじ1
きぬさや　5本
生姜（すりおろし）　1片分
水溶き片栗粉　大さじ3※
（※片栗粉を同量の水で溶いたもの）

①しいたけは、石づきを取りみじん切りに、長ねぎもみじん切りにする。きぬさやは、筋を取り斜め細切りにする。
②れんこんは皮をむき水に5分ほどさらす。2／3の量はすりおろしてざるにあけ、軽く水気を切っておく。残りは粗みじん切りにする。
③ボウルに、②と鶏ひき肉、しいたけ、長ねぎを入れる。鶏がらスープの素、塩、酒少々、（分量外）を加えてよく混ぜる
④ひと口大に丸め、蒸し器で10分ほど蒸す。
（※または、小麦粉をまぶし油で揚げる）
⑤あんを作る。鍋にAを入れ火にかける。沸騰したら火を弱め、きぬさやを入れ1分ほど煮る。水溶き片栗粉を加えてとろみがついたら火を止め、生姜を入れる。
⑥器に④を盛り、⑤のあんをかける。

南瓜グラタン （222ページ）

材料（2人分）
南瓜　小1個
玉ねぎ　1／2個
マッシュルーム　5個
海老　小7～8尾
豆乳　200ml
バター15g
小麦粉　大さじ1
コンソメの素　1個
塩・こしょう　適量

①南瓜は丸ごとラップに包み、電子レンジで1分ほど加熱する。ヘタの部分を切り、中のタネ、わたをスプーンで取り出す。
②玉ねぎはみじん切りに、マッシュルームは石づきを取りみじん切りにする。海老はからをむき、酒と塩を（ともに分量外）をふっておく。
③フライパンを火にかけバターを入れる。バターが溶けたら②を入れ炒める。海老に火が通ったら、小麦粉を加えてよく混ぜ、コンソメの素を入れ、豆乳（牛乳でもよい）を少しずつ加える。
④とろみがついたら塩・こしょうで味を調え、①の中に入れる。
⑤200度に予熱したオーブンで15分～20分ほど焼く。

洋風鰹 （58ページ）

材料（2人分）
鰹　1さく
玉ねぎ　1／4個
にんにく（すりおろし）　1片分
レモン汁　1／2個分
オリーブオイル　適量
塩・こしょう　適量
マヨネーズ　適量

①鰹は厚めの斜め切りにする。玉ねぎは薄切りにする。
②ボウルに、玉ねぎ、にんにく、レモン汁、オリーブオイル、塩、こしょうを入れて混ぜ、冷蔵庫で冷やしておく。
③②のソースを皿に敷き、その上に鰹を並べる。
④マヨネーズをポリ袋に入れ、袋の角を1㎜ほど切る。③の上に縦横にソースをかける。

ネバネバ五色丼（122ページ）

材料（1人分）
オクラ　2本
長芋　適量
納豆　1パック
めかぶ（味が付いていないもの）　適量
イカの刺身（細切り）　適量
ねぎとろ　50ｇ
たくあん　3切れ
しば漬け　適量
卵黄　1個分
ご飯　ご飯茶わん1膳分

①オクラはゆでて小口切りに、長芋は皮をむきさいの目切りに、たくあんはみじん切りにする。
②器にご飯を盛り、好みの具を5種類選び上にのせる。真ん中に卵黄を落とし、醤油（分量外）をかけ、かき混ぜていただく。

鶏チャーシュー（23ページ）

材料（2人分）
鶏モモ肉　2枚
Ａ　醤油大さじ2／味醂大さじ1／生姜汁1片分／水100ml
サラダ油　適量

①ボウルにＡを入れて混ぜ、鶏のモモ肉を30分ほどつけこむ。つけ汁はとっておく。
②強火で熱したフライパンにサラダ油をひき、

①を皮側から焼く。3～4分ほどしたら裏返し、片面を4分ほど焼く。
③①のつけ汁に水を加え、②のフライパンに入れ、蓋をする。中火にして水分がなくなるまで焼く。
④③の粗熱がとれたら好みの厚さに切り、器に盛る。付け合わせにレタスなどいろどりのきれいな野菜を添える。

茄子入り餃子 （89ページ）

材料（2人分）
餃子の皮　20枚
豚バラ薄切り肉　200g
茄子　2個
塩　少々
ごま油　少々
酒　少々
醤油　少々

①豚バラ肉は、包丁でたたき粗めのみじん切りにする。
②茄子はヘタを取りさいの目切りにする。塩をして5分ほどおき水気がでてきたらよくしぼる。
③ボウルに①と②、ごま油、酒、醤油、塩を入れ混ぜ合わせる。
④③を餃子の皮に包む。蒸し餃子、焼き餃子、水餃子に好みの調理法でいただく。
※タネを取ったトマトのざく切り＋豚バラミンチの餃子もおいしいです。

あとがき

舌が肥えているわけでもないし、食いしん坊ということもない。だれしもと同じように、まずいものよりおいしいものが好きだが、おいしくないものだってときには食べる。ジャンクなものも好きだし、化学調味料の入った料理をたまに食べて、おいしいなあとしびれた舌で笑うこともある。

野菜も調味料も自然食品の店で買っているが、それは家の近所にそういう店があるからだし、肉はお肉屋さんで、魚は魚屋さんで買うのも、スーパーマーケットの混雑が好きではないからだ。家族のためならば、体にいいものを作ろうと思うが、ひとりだったら連続肉でも問題ない。食べものにかんして、強い思想などないのである。

そんな私だけれど、食関係でぜったいに譲れないことがひとつ、ある。ごはんの時間にごはんを食べないことが、どうしてもできない。ごはん抜きはもってのほか。ごはんの時間とは、人それぞれ感覚は違うだろうけれど、私は七時（朝ごはん）、十二時（昼ごはん）、七時（夜ごはん）である。二時間ずれただけで、絶望的な気持ちになる。

ときどき、「お昼ごはん食べ損ねちゃって」と言う人がいる。時計を見ると四時である。その人は平然としているが、私は平静を保てない。昼を四時間も過ぎて何も食べていない、ということと、あと三時間後に夕飯になるから滅多なものが食べられない、ということのはざまで、どうしたらいいのかわからなくなるのである。「ちょっとなんとかしなよ！」と、その人の肩を揺すって叫びたくなる。仕事に熱中するあまり、夕飯を食べるのを忘れる人もいる。そんな「熱中」が世に存在することがどうしても信じられない。私は今まで一度たりともそんなふうに何かに熱中したことはない。

失恋しても病気になってもごはんの時間にごはんを食べてきた。おなかが空《す》いていなくてもとりあえず食べる。仕事の打ち合わせに、午前十一時とか、午後五時とかを指定されると、じりじりする。昼ごはんはどうするのか、夜ごはんはどうするのかが、気になって仕方ないのである。しかし「ごはんはどうすればいいですか」と訊《き》くと、メシを食わせろと言っているようである。そうなのでは断じてない。午前十一時の打ち合わせが、午後二時に終わるのなら、その前に食べておきたいし、午後五時の打ち合わせが午後七時に終わるのなら、その後どこにだれと何を食べにいくか前もって決めておきたいのである。

午後三時に昼食としてものすごーくおいしいオムライスを食べるくらいなら、私は十二時ジャストにまずいラーメンを食べることを選ぶ。グルメでも食いしん坊でもない。ただ、空腹嫌いというだけである。午前十時におなかが空いたら我慢するしかしようがないが、ごはんの時間なのに理不尽に空腹でいることが許せない。

というわけだから、特殊な事情がないかぎり、この年まで毎日毎日律儀に三食食べて生きてきたことになる。何かひとつ食材を決め、それにまつわる思いを書こう、と担当の方と決めてはじめたこの連載、途中で書くことがなくなるに決まっている、と思ったが、存外続けることができた。三食食べ続けたたまものかもしれない。

また私は、野菜のほとんどと、きのこ類と、青魚と、珍味系を食べられない偏食で、三十歳でそれを克服したという、特異な食体験の持ち主である。偏食であったことを私は恥ずかしく思わないし、もったいないとも思わないが、でも、三十歳でいろんなものが食べられるようになってよかったなあと心から思う。「食べられない」から「食べる」に移行するときには、ダイナミックな感動がある。食材との出合いを、だからときに、人とのそれのように強烈に覚えていたりする。

子どもの好き嫌いが多くて、と母になった友人がこぼすのを幾度か耳にしたが、

「だいじょうぶ、問題なし」と私はいつも言っている。肉と卵と炭水化物しか食べずに私は立派に成長した。彼女たちの息子や娘も、いつか、ある感動を持って、食べられなかった食材と邂逅《かいこう》を果たす日がくるに違いないのである。

おいしいものを食べながら、人は怒ることができないと聞いたことがある。おいしいもののことを考えながら、怒ることもまた、できないかもしれない。今まで食べたもの、作ったもの、御馳走《ごちそう》になったもののあれこれを思い出しながらこの原稿を書いているとき、私はいつもほわわーんとしあわせだった。今まで食べたおいしいものを思い出しながら、ほわわーんと読んでいただけたら、とてもうれしいです。担当をしてくださったおいしいもの大臣の武居瞳子さん、読んでくださったすべての方々に心から感謝します。ありがとうございました。

角田光代

この作品は平成二十三年九月株式会社アスペクトより刊行された。

角田光代著
キッドナップ・ツアー
産経児童出版文化賞・路傍の石文学賞受賞
私はおとうさんにユウカイ(=キッドナップ)された! だらしなくて情けない父親とクールな女の子ハルの、ひと夏のユウカイ旅行。

角田光代著
おやすみ、こわい夢を見ないように
もう、あいつは、いなくなれ……。いじめ、不倫、逆恨み。理不尽な仕打ちに心を壊された人々。残酷な「いま」を刻んだ7つのドラマ。

角田光代著
さがしもの
「おばあちゃん、幽霊になってもこれが読みたかったの?」運命を変え、世界につながる小さな魔法「本」への愛にあふれた短編集。

角田光代著
しあわせのねだん
私たちはお金を使うとき、べつのものも確実に手に入れている。家計簿名人のカクタさんがサイフの中身を大公開してお金の謎に迫る。

角田光代
鏡リュウジ著
12星座の恋物語
夢のコラボがついに実現! 12の星座の真実に迫る上質のラブストーリー&ホロスコープガイド。星占いを愛する全ての人に贈ります。

角田光代著
予定日はジミー・ペイジ
妊娠したのに、うれしくない。私って、母性欠落? 運命の日はジミー・ペイジの誕生日。だめ妊婦かもしれない〈私〉のマタニティ小説。

角田光代著

くまちゃん

この人は私の人生を変えてくれる？ ふる／ふられるでつながった男女の輪に、恋の理想と現実を描く共感度満点の「ふられ小説」。

角田光代著

よなかの散歩

役に立つ話はないです。だって役に立つことなんて何の役にも立たないもの。共感保証付、小説家カクタさんの生活味わいエッセイ！

村山由佳・加藤千恵
山本文緒・マキヒロチ
畑野智美・井上荒野
角田光代
著

あの街で二人は
―seven love stories―

きっと見つかる、さまよえる恋の終着点――。全国の「恋人の聖地」を舞台に、7名の作家が競作！ 色とりどりの傑作アンソロジー。

江國香織・角田光代
金原ひとみ・桐野夏生
小池昌代・島田雅彦
日和聡子・町田　康
松浦理英子
著

源氏物語 九つの変奏

時を超え読み継がれた永遠の古典『源氏物語』。当代の人気作家九人が、鍾愛の章を自らの言葉で語る。妙味溢れる抄訳アンソロジー。

阿川佐和子・角田光代
沢村凜・柴田よしき
谷村志穂・乃南アサ
松尾由美・三浦しをん
著

最後の恋
―つまり、自分史上最高の恋。―

8人の女性作家が繰り広げる「最後の恋」をテーマにした競演。経験してきたすべての恋を肯定したくなるような珠玉のアンソロジー。

阿川佐和子・井上荒野
大島真寿美・島本理生
乃南アサ・村山由佳
森絵都
著

最後の恋プレミアム
―つまり、自分史上最高の恋。―

これで、最後。そう切に願っても、恋の行く末は選べない。7人の作家が「最高の恋」の終わりとその先を描く、極上のアンソロジー。

新潮文庫最新刊

帚木蓬生著
蛍の航跡
―軍医たちの黙示録―
日本医療小説大賞受賞

シベリア、ビルマ、ニューギニア。戦、飢餓、病に斃れゆく兵士たち。医師は極限の地で自らの意味を問う。ライフ・ワーク完結篇。

玉岡かおる著
負けんとき（上・下）
―ヴォーリズ満喜子の種まく日々―

日本の華族令嬢とアメリカ人伝道師。数々の逆境に立ち向かい、共に負けずに闘った男女の愛に満ちた波乱の生涯を描いた感動の長編。

金城一紀著
映画篇

たった一本の映画が人生を変えてしまうことがある。記憶の中の友情、愛、復讐、正義……。物語の力があなたを救う、感動小説集。

いしいしんじ著
ある一日
織田作之助賞受賞

「予定日まで来たいうのは、お祝い事や」。十ヶ月をかけ火山のようにふくらんでいった園子の腹。いのちの誕生という奇蹟を描く物語。

小路幸也著
荻窪シェアハウス小助川

恋、仕事、人生……他人との共同生活を通して、家族からは学べないことを経験する「シエアハウス」。19歳の佳人が見出す夢とは？

吉川英治著
新・平家物語（八）

源三位頼政と以仁王は、宇治川の合戦で六波羅軍に敗れる。一方、源氏の棟梁・頼朝が、雌伏二十年、伊豆で打倒平家の兵を挙げる。

新潮文庫最新刊

塩野七生著
ロ－マ亡き後の地中海世界
—海賊、そして海軍—
（1・2）
ローマ帝国滅亡後の地中海は、北アフリカの海賊に支配される「パクス」なき世界だった！　大作『ローマ人の物語』の衝撃的続編。

角田光代著
今日もごちそうさまでした
苦手だった野菜が、きのこが、青魚が……こんなに美味しい！　読むほどに、次のごはんが待ち遠しくなる絶品食べものエッセイ。

西原理恵子
佐藤優著
とりあたまJAPAN
最凶コンビの本音が暴く世の中のホント。国際社会になめられっぱなしの日本に喝を入れる、明るく過激なマンガ＆コラム全65本。

西尾幹二著
天皇と原爆
日米開戦はなぜ起きたか？　それはキリスト教国アメリカと天皇信仰日本の宗教戦争だった。大東亜戦争の「真実」に迫る衝撃の論考。

寺島実郎著
若き日本の肖像
—一九〇〇年、欧州への旅—
漱石、熊楠、秋山真之……。二十世紀の新しい息吹の中で格闘した若き日本人の足跡を辿り、近代日本の源流を鋭く見つめた好著。

関裕二著
古代史謎解き紀行Ⅲ
—九州邪馬台国編—
邪馬台国があったのは、九州なのか畿内なのか？　古代史最大の謎が明らかにされる！　大胆な推理と綿密な分析の知的紀行シリーズ。

今日《きょう》もごちそうさまでした

新潮文庫　か－38－10

平成二十六年八月一日発行
平成二十六年八月二十日二刷

著者　角《かく》田《た》光《みつ》代《よ》
発行者　佐藤隆信
発行所　株式会社 新潮社

郵便番号　一六二―八七一一
東京都新宿区矢来町七一
電話　編集部(〇三)三二六六―五四四〇
　　　読者係(〇三)三二六六―五一一一
http://www.shinchosha.co.jp

価格はカバーに表示してあります。
乱丁・落丁本は、ご面倒ですが小社読者係宛ご送付ください。送料小社負担にてお取替えいたします。

印刷・錦明印刷株式会社　製本・錦明印刷株式会社
© Mitsuyo Kakuta 2011　Printed in Japan

ISBN978-4-10-105830-6　C0195